電視人

TVピープル

村上春樹

目錄

電視人 7
飛機——或者他怎麼像在念詩般自言自語呢 59
我們那個時代的民間傳說——高度資本主義前史 81
加納克里特 133
殭屍 149
睡 161

TVピープル

電視人

1

電視人是在星期天的黃昏來到我家的。

季節是春天。我想大概是春天吧。總之是個既不太熱，也不太冷的季節。

但說實在的，季節在此並不是重要的問題。重要的是那是個星期天的黃昏。

我不喜歡星期天的黃昏這種時刻。或者說，隨之附帶的一切事物——反正星期天的黃昏這種狀況我就是不喜歡。每逢星期天接近黃昏時，我就一定會開始頭痛。那疼痛的程度會因時而異，但總之就是痛。在兩邊的太陽穴裡面一公分到一公分半的地方，有塊柔軟的白色肉團會奇妙地痙攣。感覺就像是從那團肉的中心抽出眼睛看不到的線，有人在遠處拉住線的一端，悄悄扯緊似的，並不是非常痛。雖然那應該會痛才對，卻不可思議地並不痛。就好像在深度麻醉的部位，緩緩刺進一根長針。

而且還會聽到聲音。不，與其說是聲音，不如說那是厚重的沉默在黑暗中發出的輾軋聲。那聽起來像**咕滋沙啊啊嗒．咕嚕沙啊啊啊啊嗒嚕．呦呦呦呦咕滋呣呣母嘶**。那便是最初的徵兆。疼痛首先到來，接著視野也隨之開始微微扭曲。如同混亂的潮水，預感牽動記憶，記憶又牽動預感。一彎有如嶄新剃刀般的白色月亮浮現在空中，疑問的根在黑暗的地底蔓延。人們像是在嘲弄我似的，故意發出很大的聲音在走廊走動。聽起來那像是**喀嚕嘶啪呣克．噠布．喀嘶啪呣克．噠布克．喀嚕嘶啪呣克．克布**。

正因為如此，電視人才利用星期天的黃昏來家裡。有如憂鬱的思緒，或故作神祕無聲飄落的雨，他們悄悄潛入時間的幽暗中。

2

首先來說明一下電視人的外貌。

電視人身體的尺寸，比你我要略小幾分。差別並不是很明顯，只是略小幾分。大概，對了，大概二到三成左右。而且身體各部位都小得很平均。所以在措詞上，與其說比較小，不如用縮小這種表現方式更為貼切吧。

就你在某處見到電視人，或許一開始也不會注意到他們比較小這一點。即使如此，他們應該也會讓你留下奇妙的印象，甚至說不舒服也不為過吧。總覺得不太對勁，你一定會這麼想，然後就會再次仔細打量他們。或許乍看之下沒有什麼特別不自然之處，但那反而不自然。換句話說，電視人的小，與兒童或侏儒的小完全不同。我們看到兒童或侏儒會覺得他們「小」，這種感覺上的認知多半來自他們體型的不勻稱。他們的確是小，但並不是全身都均勻地比較小。手雖然小，頭卻長得比較大，一般都是這樣。可是電視人的小卻完全不同。電視人的情況簡直就像用縮小影印複製而成似的，完完全全確實地呈現等比例的小。如果身高的縮尺是0.7，肩寬的縮尺也是0.7，腳的尺寸、腦袋的大小、耳朵的大小、手指長度的縮尺都是0.7。就像是製作成比實物小的精密組合模型一樣。

或者也可以說他們看起來像是透視法下的人物。分明就在眼前，看起來卻像是在遠處。宛如魔術畫般，平面翹曲、起伏。應該是伸手可及的地方卻摸不到，應該摸不到的東西卻碰到了。

那就是電視人。

那就是電視人。

那就是電視人。

那就是電視人。

3

他們一共三個人。

他們既沒有敲門，也沒有按門鈴，也沒有打聲招呼。只是悄悄進到屋子裡來而已，也沒有聽到腳步聲。一個人打開門，另外兩人抱著電視機，並不是很大的電視機。是SONY的，非常普通的彩色電視。雖然我認為門應該鎖著，但並不確定。或許忘了鎖上也不一定。我當時並沒有特別留意鎖的事情，因此無法確定門有沒有鎖上。只是覺得大概是鎖著。

他們進來時，我正躺在沙發上望著天花板發呆。家裡只有我在，那個下午，妻子去和女性友人碰面。幾個要好的高中同學相約聊天，然後找家餐廳共進晚餐。

「你可以自己隨便弄點東西吃嗎？」妻子出門時這麼說。

「冰箱裡有各種蔬菜和冷凍食品，你自己應該會弄吧？還有，天黑之前把曬的衣服收進來噢。」好啊，我說。完全沒問題。只不過是弄頓晚餐。只不過是收收衣服。小事情。兩三下就可以搞定。**沙溜呦呦呦噗咕嚕嗚嗚嗚滋**。

「你說什麼？」妻子問。

「我什麼也沒說啊。」我回答。

於是我下午就一個人躺在沙發上發呆，反正沒有其他事得做。看了一會兒書——賈西亞．馬奎斯（Gabriel Garcia Marquez）的新小說。也聽了一下音樂。還喝了一點啤酒。不過我都沒有辦法專注去做這些事。我也想去躺在床上睡個覺，可是我連睡覺也無法專心。所以就躺在沙發上望著天花板。

就我的情況來說，星期天下午很多事情就像這樣變成一點一點的。不管做什麼，都會半途而廢。無法好好投入任何事。早上還覺得一切都會順利進行。想要在今天看這本書，聽這張唱片、寫回信。打算趁今天整理抽屜、買必需品、把許久未洗的車子洗一洗。可是時針走過了兩點又走過三點，逐漸接近黃昏，變成什麼事都來不及了。於是我最後總是躺在沙發上束手無策。耳朵聽著時鐘的聲音。嗒・嚕・噗・喀・嘯・嘶・嗒・嚕・噗・喀・嘯・嘶，那聲音有如從屋簷落下的雨簾將周邊的事物一點一點削除。嗒・嚕・噗・喀。嘯・嘶・嗒・嚕・噗・喀・嘯・嘶。星期天的下午，一切都一點一點地磨損，看起來比例都在逐漸縮小。簡直就像是那電視人一樣。

4

電視人完全無視於我的存在。他們三個人，都一臉彷彿我根本不存在在那裡的表情。他們打開門，把電視搬進屋裡。兩個人把電視放在邊櫃上，另一人將插頭插進插座。邊櫃上放著座鐘和成堆的雜誌，座鐘是朋友們送的結婚賀禮。非常巨大而沉重。簡直就如同時間本身一樣巨大而沉重，聲音也很大。**嗒嚕噗·喀·嘯嘶·嗒嚕噗·喀·嘯嘶**，在屋裡響著。電視人將座鐘從邊櫃上搬下來，放在地板上。我想妻子一定會很生氣吧。我半夜兩點多總是會起床上廁所，由於還迷迷糊糊的，很容易被絆倒或撞到東西。

電視人接著把雜誌移到茶几上。全部都是妻子的雜誌（我幾乎不看雜誌，只看書。我個人認為，世界上所有稱為雜誌的雜誌最好全部都清除乾淨）。什麼《ELLE》啦、《美麗佳人》啦、《家庭畫報》那一類的雜誌。那些雜誌整齊堆放在邊櫃上。妻子也不喜歡別人碰她的雜誌，只要堆放的順序被弄亂就會大呼小叫。所以我不會去接近妻子的雜誌。甚至連翻都沒翻過。可是電視人對此卻毫不在意，接連著把雜誌搬開。他們完全沒有謹慎處理雜誌的意思。他們只是單純地想把這些從邊櫃上移到別的地方而已。疊放著的雜誌上下順序都被弄亂了。《美麗佳人》變成在《CROISSANT》的上面，《家庭畫報》則變成在《安安》的下面。那都弄錯了。而且他們還把妻子夾在某些雜誌中的書籤弄掉了一地。夾著書籤的地方，對妻子來說是刊載著重要資訊的頁次。至於那是什麼樣的資訊有多重要，我並不清楚。也許和她的工作有關，或者是個人所需。但總之，那些對她來說是重要的資訊。她一定會抱怨不已吧，我心想。我難得去和朋友聚聚高高興興回來，家裡就一定會被搞得亂七八糟，這一類的。那一套台詞，我全部都可以想像得到。這下慘了，我心想。然後搖搖頭。

5

總之，邊櫃上空無一物了。電視人接著便將電視放在那裡，把插頭插進牆壁的插座，打開開關。螢幕伴隨著嘰哩嘰哩的聲音變成了白色。我尋了一下，但並沒有影像浮現。他們用遙控器依序變換頻道，可是每個頻道都是全白的。我認為是因為沒有接天線吧。屋裡的某處應該有天線的接口才對，我心想。搬進這棟公寓大樓時，好像聽管理員說明過該如何接電視天線。他說只要在這裡這樣接上就可以了。可是我想不起來那到底在哪裡。因為家裡沒有電視，所以我完全忘了那回事。

不過電視人似乎對於收訊這種事完全不感興趣。看來他們根本不打算去找天線接口。即使螢幕一片白，即使完全沒有影像，他們也毫不在意。好像只要按下開關把電源接通，他們就已經達成目的了。

電視機是新貨。雖然沒有裝在箱子裡，但一眼就可以看出那是全新的。使用說明書和保證書都裝在塑膠袋裡，用透明膠帶貼在機身旁。電源線就像剛捕獲的魚一樣光滑鋥亮。

三個電視人從房間的各個角落看看電視，好像在檢視那白色畫面。有一個電視人來到我身旁，確認電視畫面從我坐的位置看起來如何。電視正對著我，距離也恰到好處。他們似乎對此很滿意。有種這麼一來就大功告成的感覺。電視人中的一個（來到我身旁確認畫面的電視人）將遙控器擱在茶几上。

電視人在那之間一句話也沒有說。他們似乎是正確地依照步驟來行動。因此也沒有什麼開口的必要。三人非常有效率地各自將被指派的職務確實完成。技巧熟練，乾淨俐落，作業所費的時間也短。最後，一個電視人把剛才挪到地板上的座鐘拿起來，想在屋裡物色一處適合擺放的位置，結果因為沒找著而放棄，又放回地板上。**嗒嚕噗**·**喀**·**嘯嘶**·**嗒嚕噗**·**喀**·**嘯嘶**，座鐘在地板上繼續沉重地計時。我住處的公寓相當狹小，而且我的書和妻子收集的資料，已經多到似乎連踏腳的地方都快沒有了。哪天我一定會被那座鐘絆倒吧，我想著想著嘆了一口氣。不會錯。絕對會被絆倒。我敢打賭。

三個電視人都穿著深藍色的上衣。不知道是用什麼料子做的，但看起來很光滑。還穿著牛仔褲和網球鞋。衣服和鞋子的比例尺也都略小。長時間看著他們活動的身影，我漸漸覺得好像自己的比例尺才是錯誤的。感覺就像是戴著度數很深的眼鏡，面朝後倒著搭乘雲霄飛車一樣。風景變形倒退。讓我體會到，自已習以為常的世界，其均衡並非絕對的。電視人會讓看見他們的人產生這樣的感覺。

電視人直到最後都沒有說過一句話。他們三人再次檢查電視螢幕，確定沒有問題之後就用遙控器關掉了螢幕。白色的畫面嚓一聲消失，嘰哩嘰哩的微細聲音也消失了。螢幕恢復成原本無表情的黑灰色。窗外已經開始暗下來，可以聽到有人在呼喚著什麼人。大樓走廊上有人慢慢走過，就像往常一樣故意發出很大的聲音。聽得到**喀嚕嘶啪嗙克．噠嚕普．喀嚕嘶啪克．嘀咿咿克**這樣的皮鞋聲。星期天的黃昏。

電視人再次環視室內，好像在做最後的檢查，然後打開門走了出去。和來的時候一樣，他們完全不理會我。他們的舉動好像我這個人根本就不存在。

6

從電視人進來屋裡到出去為止，我一動也沒動。一句話也沒有說。只是靜靜躺在沙發上，看著他們作業。或許你會說那很不自然。突然有陌生人闖進家裡，而且還有三個人，又擅自留下一架電視，竟然什麼也沒說，只是一直默默看著，這種事不是有點奇怪嗎？

不過我什麼也沒說。只是默默注視著狀況的發展。我認為，這大概是因為他們徹底無視於我的存在吧。如果你處在和我同樣的立場，應該也一樣會這麼做。這並不是自我辯護，只不過自己的存在就這麼被眼前的人完全忽視，自己也會逐漸變得不確定自己是否真的存在於那裡了。忽然望向自己的手，甚至會覺得彷彿是透明的。那是一種無力感。是定身咒。自己的身體、自己的存在，都逐漸變得透明。而且我覺得無法動彈，變得什麼也說不出來。於是我只能眼睜睜看著三個電視人在我家安裝電視然後離去。沒辦法隨意開口。我變得怕聽到自己的聲音。

電視人離去後，我又變成獨自一人。我又感覺得到自己的存在了。我的手再度回復成我的手。等我回過神來，黃昏已完全被吞入黑暗之中。我打開屋裡的電燈。然後閉上眼睛。電視仍然在那裡。座鐘繼續一分一秒走著。**嗒嚕噗・喀・嘯嘶・嗒嚕噗・喀・嘯嘶**。

7

非常不可思議的，妻子對於家裡出現電視一事什麼也沒說。沒有任何表示，完全是零。甚至像是沒發現似的。這真是奇怪。因為，正如先前曾說過的，她是個對家具或物品的佈置、排列非常神經質的女人。只要自己不在時家裡有什麼東西稍微被移動或有了改變，她立刻就會發現。她就是有那種能力。然後就會皺著眉頭，把那調回原狀。我則不一樣。我認為即使《家庭畫報》變成在《安安》下面，或是鉛筆筒裡混了一支原子筆，也沒什麼大不了。或許根本不會注意到吧。而且，像她這樣的生活方式想必也非常辛苦。不過那是她的問題，不是我的問題。所以我也無話可說，就隨她高興吧。我大體上是以這種方式思考的人。可是她不是。有時候她會非常生氣，表示無法忍受我的粗線條。我說我有的時候也無法忍受重力、圓周率或$E=mc^2$的粗線條。因為那是事實。但只要我一這麼說，她就不說話了。也許她覺得那是對她個人的侮辱吧，不過並非如此。我根本沒有侮辱她的意思。

我只是把自己的感受說出來而已。

那天晚上她一回到家，依例先環視整個屋子。我已經擬妥了說法。說是電視人上門，把很多東西都弄亂了。關於電視人的事，實在很難向她解釋。也許她並不會相信。不過我打算一五一十老實向她說明。

然而她什麼也沒有說，只是掃視了屋裡而已。邊櫃上放著電視機，順序弄亂的雜誌堆在桌子上，時鐘被移到地板上。但妻子什麼也沒說，我也就沒做任何解釋。

「晚飯吃過了吧？」她邊脫洋裝邊問我。

我說沒有吃。

「為什麼？」

「不太餓。」我說。

妻子的洋裝只脫了一半，便停手對此想了一下。她凝視著我的臉好一會兒，似乎在猶豫要不要說什麼。座鐘以沉重的聲音分割著沉默。**嗒嚕噗·喀·嘯嘶·嗒嚕噗·喀·嘯嘶**。我不想去聽那聲音，不想讓那進入耳朵裡。可是那聲音卻無比沉重、巨大。即使不願意也會傳進耳朵裡。她似乎也在側耳傾聽那聲音，然後搖搖頭。「要不要我弄些簡單的東西給你吃？」她說。

「好啊。」我說。雖然並不特別想吃什麼，但有東西可以吃的話也不錯。

妻子換上輕便的衣服，在廚房一面煮雜燴粥做煎蛋捲，一面聊著和朋友聚會的情形。誰做了什麼，誰說了什麼，誰換了髮型變漂亮了，誰和交往中的男朋友分手了之類的事。我對於她們的事也略有所知。我邊喝著啤酒邊隨聲附和，但幾乎什麼也沒聽進去。我一直在思索電視人的事，以及為什麼她會對出現電視一事毫無表示。難道她沒有發現嗎？不可能，突然多出一架電視，她怎麼可能會沒有發現。那麼，她為什麼會對此隻字未提呢？十分反常。太奇怪了。有哪裡出錯了，不過我並不知道該如何去修正這個錯誤才好。

雜燴粥煮好後，我坐在餐桌前吃起來。我吃了煎蛋捲，還配了梅乾。

待我吃完，妻子便收拾餐具。我又喝起啤酒，她也喝了一些。

我無意中抬眼看看邊櫃上面。電視還在那裡。沒有開機。遙控器放在茶几上。我從椅子上站起來，拿起那遙控器，試著將電源切到ＯＮ。電視螢幕瞬間變成白色，並發出嘰哩嘰哩的聲音。仍然是沒有任何影像播映出來，只有白光浮現在映像管上而已。我按著按鈕試著調高音量，卻只有沙沙的雜音變大而已。我望著那白光大約二十到三十秒，然後關掉電源。聲光瞬間都消失了。那段時間裡，妻子坐在地毯上啪啦啪啦翻著《ELLE》。對於電視的開機關機，她都毫不關心。似乎根本就沒發覺。

我把遙控器放到茶几，又坐回沙發。然後打算繼續看馬奎斯的長篇小說。我總是會在晚餐後看書。有時只看個三十分鐘，也可能會看上兩個小時。總之每天都看。可是那一天我連半頁都沒有看完。無論怎麼努力想集中精神在書本上，我的注意力都會立刻回到電視上。不知不覺就又舉目望向電視。電視擺在我的正前方，螢幕正對著我。

8

半夜兩點半醒來時，電視仍然在那裡。我下床時還期待電視已經消失不見了。然而電視仍好端端地留在原處。我去廁所小便後，在沙發上坐下，雙腳蹺在桌上。然後用遙控器再將電視打開看看。但完全沒有新發現，只是同樣的事又重複了一次而已。白光，雜音。除此之外什麼也沒有。我看了一會兒之後切掉電源，將光與雜音消除。

我回到床上想睡覺。我非常睏，但是睡不著。一閉上眼睛，電視人的身影便浮現出來。搬運電視機的電視人，移開座鐘的電視人，把雜誌堆到桌上的電視人。他們一直在我的腦袋裡，在我的腦袋徘徊。我再度起床走到廚房，拿起台上的咖啡杯，倒了雙份的白蘭地來喝。然後又躺在沙發上，打開馬奎斯的小說，然而那些文字仍舊無法進入我的腦袋。我完全不明白書上寫了些什麼。

我無奈地丟開馬奎斯，改看《ELLE》。偶爾看一下《ELLE》應該沒什麼關係吧。可是《ELLE》裡沒有任何令我感興趣的事情。裡面只刊載著新髮型啦、高級白色絲質襯衫啦、供應美味燉牛肉的館子啦、聽歌劇時該如何打扮啦等等。我對這些事情完全沒興趣。於是我也把《ELLE》丟開，再次望向邊櫃上的電視。

結果我什麼也沒做，就那樣一直耗到早晨。六點鐘我用水壺燒了開水，泡咖啡來喝。因為沒什麼事做，我便在妻子起床前先做好了火腿三明治。

「你起得好早啊。」她睡眼惺忪地說。

「嗯。」我說。

我們鮮少交談，默默吃早餐後一起出門，各自前往公司。妻子在一家小出版社上班，編輯有關天然食品方面的專業雜誌。例如香菇料理可以有效預防痛風啦、有機耕作的未來趨勢啦，那種內容相當專業的雜誌。雖然銷售量並不太大，但由於製作幾乎不必花什麼成本，加上有近乎宗教狂熱般的固定讀者，不愁撐不下去。我在電機公司的廣告部門工作，製作烤麵包機、洗衣機、微波爐等產品的廣告。

9

上班途中，我在公司的樓梯間和其中一個電視人擦身而過。我認為就是昨天搬電視到我家去的電視人之一，可能是打開門第一個進屋裡的那個傢伙，沒有搬電視的那個傢伙。他們的臉上並沒有足以辨認的特徵，要分辨每個人是件極難的事，可是儘管我沒有十足的把握，卻覺得應該是八九不離十。他穿著和昨天一樣的藍色上衣，空著手，只是走下樓來而已。我正在上樓。我不喜歡搭電梯，所以總是走樓梯上下樓。我的辦公室在大樓的九樓，因此這並不是件輕鬆的事。尤其是有急事時，總會弄得滿頭大汗。但是對我來說，滿頭大汗還是比搭電梯要好得多，大家都拿這件事開我玩笑。因為我既沒有電視和錄放影機，又不搭電梯，他們都覺得我是個怪人，或者認為我在某種意義上還處於未成熟的階段。真是奇妙的想法。他們為什麼會有這種想法，我實在無法理解。

總之在那個時候，我正和平常一樣走上樓。在爬樓梯的只有我一個人而已，幾乎沒有其他人會使用樓梯。在四樓到五樓之間，我在樓梯上和電視人中的一個擦身而過。因為過於突然，令我不知如何是好。我也想過是否要打聲招呼。

但結果卻什麼也沒說。我一時之間想不到該說什麼才好，而且電視人給人一種很難跟他打招呼的感覺。他非常有效率地走下樓梯。以一定的節奏，規矩而精密地移動著腳步，並且像昨天一樣完全無視於我的存在，彷彿根本就沒看到我似的。我就在不知所措的情況下和他擦身而過。在擦身而過的那一瞬間，我覺得周圍的重力好像忽然搖晃了一下。

那天，公司一早就有會議，是有關新產品銷售策略相當重要的會議。數名職員提出報告。黑板上排列著數字，電視螢幕顯示出圖表，展開了熱烈的討論。雖然也出席了，但是我的立場在那會議中並不太重要。因為我和那個計畫並沒有直接的關係，於是會議中我一直在想事情。即使如此，我還是仍有一次發言，不怎麼樣的發言。一個旁觀者極其常識性的意見。不管怎麼說，總不能完全不說話。雖然我並不是一個很有事業心的人，但既然在這裡領薪水，相對的也有所謂的責任在。我把前面的意見大略整理了一下，為了緩和現場的氣氛甚至還說了一個小笑話。大概是因為自己一直在想電視人的事而感到心虛吧。有幾個人笑了。不過我在這一次發言之後，接著就假裝瀏覽資料，又一直想著電視人的事。新的微波爐要取個什麼樣的名字，這種事與我無關。我的腦袋裡只有電視人的事情，我一直想著他們的事。像是那架電視究竟代表什麼意義之類的；像是電視人為什麼要特地把電視搬到我家之類的；像是為什麼妻子對於電視的出現什麼也沒說之類的；像是電視人為什麼竟然還進入我們公司之類的。

會議一直沒完沒了，到了十二點，為了午餐而有短暫的休息。由於時間不夠外出用餐，便發給大家三明治和咖啡。因為會議室充滿了菸味，我便把午餐帶回自己的辦公桌去吃。正在吃的時候，課長走了過來。老實說，我不太喜歡這個人。至於為什麼不喜歡，我也說不出個所以然。沒有什麼值得挑剔的地方，身上散發著一種教養良好的氣質，頭腦也不錯，對領帶的品味也很好。不過他並不因此而驕傲，也不會對部屬擺架子。甚至還很照顧我，常找我一起去吃飯。可是我就是沒辦法和這個男人親近。我想，大概是因為他會過於親暱地碰觸談話對象的身體。不論對方是男是女，他都會在談話中伸手碰一下對方的身體。雖然說是碰，但其中並沒有不正經的感覺。那是十分瀟灑而自然的碰觸，被碰觸的人可能大多數都不會注意到吧。就是那麼自然的碰觸方式。但不知為什麼，我卻非常在意。所以我每次看到他，都會本能地先自我防衛。若要說這是微不足道的事，的確是微不足道。但總之我很在意。

他彎著身把手搭在我的肩膀上。「你剛才在會議中的發言，真的很不錯。」課長親切地說。「簡明扼要，我都佩服。你的發言真是一針見血。時機也恰到好處。嗯，要繼續保持下去啊。」

說完這些他就匆匆離去。大概是去吃自己的午餐吧。我當場雖然誠摯道謝，但說實在的，我根本不知所措。因為自己在會議中說了些什麼，我完全不記得了。只不過什麼都不說不太妥當，我才隨手把想到的東西說出來而已。為什麼課長還非要為那種程度的事特地到我的座位來讚美一番不可呢？發言比我更優秀的人多得是，真是令人費解。我在一頭霧水的情況下繼續吃午餐。接著突然想起妻子，不知道她現在在做什麼。外出吃午餐了嗎？我很想打電話到她公司問問，然後隨便說個三兩句話都好。我撥了前面三個號碼，但想想又作罷。因為沒有任何需要特地打電話的事。而且我覺得世界好像失去了幾分平衡，如果因為這樣就在午休時間打電話到妻子的公司，這一點該怎麼解釋呢？而且，她不太喜歡人家打電話到她工作的地方。我把聽筒放回去，嘆了一口氣後把剩下的咖啡喝完，然後把塑膠杯丟進垃圾桶。

10

在下午的會議中，我又看到了電視人。這次增加為兩個人，他們像昨天一樣搬著SONY的彩色電視穿過會議室，不過電視的尺寸比昨天大一號。真傷腦筋，我心想。因為SONY是我們公司的競爭對手。不管有什麼理由，把那種商品帶進公司裡來都非同小可。為了做商品比較而把其他公司的產品帶進部門裡的情形並不是沒有，但即使是那種情況，也都會把商標拿掉。畢竟讓外人看見了總是不太好。不過他們根本不在乎這種事，大剌剌地把SONY的商標朝向我們。他們打開門進入會議室，在室內繞了一下。然後四下打量，似乎在研究放置電視的位置，但最後沒有找到合適的地方。於是他們就又搬著電視從後門出去了。可是在場的人對電視人卻都沒有反應，他們並非沒有看到電視人，他們也看得見電視人。這從電視人搬電視進來時，在那邊的人都退開讓路便可以證明。但除此之外他們就沒有表現出其他反應。他們的反應，就如同附近咖啡廳的服務生送咖啡來時一樣。原則上，他們是以電視人不存在那裡來對應。知道他們存在，卻當成不存在的東西來對應。

於是我有點搞不清楚狀況了。難道其他人都知道電視人嗎？是不是只有我一個人對於電視人的相關資訊一無所知呢？或許妻子也很清楚電視人的事，我心想。很可能是這樣子吧。所以即使家裡出現了電視，她才會既不感到驚訝，也隻字不提。除此之外就無法解釋了。我的腦袋裡一團混亂。電視人到底是什麼？還有，他們為什麼總是在搬電視呢？

一名同事離席去上廁所時，我也跟在後面站起來去廁所。我和這個男人同期進入公司，交情比較好。下班後也偶爾會兩個人一起去喝一杯。我並不是跟誰都會這樣。我們並排小便。真是糟糕，看樣子要搞到傍晚了，一天到晚開會開會的，他以厭煩的語氣說。我對此也表示同意。然後兩個人去洗手。他也讚美我上午在會議中的發言。我道了謝。

「對了，關於剛才搬電視進來的那些人──」我試著若無其事地提出來。

他什麼也沒說，吱一聲把水龍頭扭緊，從紙匣抽出兩張紙巾擦擦手。看也不看我一眼。仔細擦好手之後，把紙巾揉成一團丟進垃圾桶。也許他沒聽見我說的話，也許是聽到了卻裝作沒聽到。事實為何我不得而知。不過從當場的氣氛看來，我覺得還是別再多問比較好。所以我也默默用紙巾擦手，氣氛顯得非常僵硬。我們保持沉默，從走廊回到會議室。後來在會議中，我覺得他似乎一直在逃避我的視線。

11

我從公司回到家時，屋裡一片黑乎乎的。外面開始下起雨來，由陽台的窗戶可以看到密佈的烏雲。屋裡散發出雨的氣息。天也快黑了，妻子還沒有回來。我解開領帶，把皺紋拉平後掛在領帶架上；用刷子刷掉西裝上的灰塵；把襯衫丟進洗衣籃。因為頭髮滿是菸味，便去沖澡洗頭。每次都是如此。冗長的會議結束後，就會渾身沾滿菸味。妻子非常討厭那種味道。婚後她所做的第一件事，就是要我戒菸。那是四年前的事。

我洗好澡出來，坐在沙發上邊用毛巾擦頭髮邊喝著罐裝啤酒。電視人搬來的電視仍然在邊櫃上。我拿起茶几上的遙控器，試著按下開關。可是不管按了多少次開關按鈕，電源都沒有接通，沒有任何反應，螢幕一直是暗的。我檢查了一下電源線，插頭好好地插在插座上。我拔下插頭再確實插上去試試，但還是不行。不管怎麼按遙控器的按鈕，畫面都不變白。為了慎重起見，我打開遙控器的背蓋取出電池，用簡易測電器檢查一下。電池是新的，我只好死心丟開遙控器，讓啤酒流進喉嚨深處。

為什麼會在意這種事呢，我覺得很不可思議。就算電視能夠開機，那又怎麼樣呢？只會出現一片白光，發出沙沙的雜音而已呀。這種東西有沒有開機，又有什麼好在意的呢？

可是我就是在意，昨天晚上明明還可以開機。後來我連一根手指都沒碰過啊。這沒有道理。

我再次拿起遙控器試試看，指尖慢慢用力。然而結果仍然相同，沒有任何反應。螢幕完全死了。冷冰冰的。

冷冰冰的。

我從冰箱拿出第二罐啤酒，拉開拉環來喝，又吃起裝在塑膠容器裡的馬鈴薯沙拉。時針已經走過了六點。我在沙發上把晚報翻了一遍，比平常還要無聊的新聞。其中幾乎沒有值得一讀的報導，全都是些可有可無的消息。不過反正也沒有想到什麼特別要做的事，所以我花了相當長的時間看那份報紙。一旦把報紙看完，就非去做別的事情不可。為了避免去想這個，我繼續看報來拖時間。對了，來寫回信如何？堂妹寄了喜帖來，我得寫一封不克前往的回信。她結婚那天，我要和妻子一同去旅行。我們要去琉球。這是很久以前就計畫好的，我倆都配合好請了假，現在已不可能更改了。否則下次要等到什麼時候才能再一起請到長假，就只有天知道了。再說我和那個堂妹並不太親，差不多已經有十年沒見面了。不管怎麼說，我得盡早回信，因為喜宴必須先確定人數。不過不行。現在沒辦法寫信。根本沒有那個心情。

我又拿起報紙，把同樣的報導看了第二遍。接著又忽然想到不然來準備晚餐吧。但是因為工作的關係，妻子或許會吃過晚飯才回來也不一定。那樣的話，多做的份就浪費了。如果是我一個人吃，就找現成的來湊合一下，不必特地去做。要是她也還沒有吃，兩個人一起出去吃就好了。

我覺得有些奇怪。如果有可能晚於六點回家，我們一定會事先通知。這是規定。即使在答錄機裡留個話也可以。這麼一來，另一方就可以採取應變措施。看看是要一個人先吃飯，還是把對方的份先準備好，甚至先去睡覺。我的工作性質，有時候無法避免會弄到比較晚，而她那邊也會因為討論或校稿而晚歸。雙方的工作都不屬於朝九晚五的類型。兩邊都忙的時候，甚至也有彼此三天沒說過話的紀錄。沒辦法。情況在不知不覺間就變成這樣了。為了不要給對方造成實際的困擾，我們總是會盡量遵守規定。如果可能會晚歸，就打電話告訴對方。我有時候會忘記這麼做，但是她一次也沒忘記過。

然而答錄機裡卻沒有任何留言。

我丟開報紙躺在沙發上，閉起眼睛。

12

我夢見在開會。我正站著發言，我自己都無法理解我在說些什麼，只是在說著話而已。但若是不繼續說話，我就會死，所以不能停下來。只能永遠不停說著我不明白意思的東西。身旁其他的人已經全都死了。死了化為石頭，變成硬邦邦的石像。風在吹著。窗玻璃全都破了，風從那裡灌進來。而且電視人也在。他們增加為三個人，和第一次一樣。他們依然在搬運SONY的彩色電視機，電視螢幕上出現了電視人。我逐漸失去了表達能力，同時也感覺到指尖一點一點硬化。

我正逐漸變成了石頭。

醒來時，屋裡泛著白光。色調就像是水族館的走廊一樣。因為電視開著。四周已經完全暗下來，電視螢幕在那黑暗中伴隨微弱的嘰哩嘰哩聲發著光。我從沙發上起身，用指尖按按太陽穴。手指仍然是柔軟的肉。嘴裡還殘留著睡著前喝的啤酒的味道。我嚥了口口水。喉嚨裡很乾，花了點時間才嚥下去。每次做了很真實的夢之後都會如此，感覺上醒來時比睡夢中更不真實。不過並非如此。這才是現實，誰也沒有變成石頭。我想知道現在的時間，便看看仍放在地上的鐘。**嗒嚕噗．喀．嘯嘶．嗒嚕噗．喀．嘯嘶**。就快八點了。

可是和夢中一樣，電視螢幕上出現一個電視人。那個電視人就是在公司的樓梯間和我擦身而過的同一個電視人。就是那個男人不會錯。第一個打開門走進屋裡來的人，百分之百不會錯。他站在如同日光燈般的白光背景中，靜靜看著我的臉。那就像是潛入現實中的夢的尾巴一樣。讓人以為只要閉上眼睛再睜開，那種東西就會消失無踪。不過並沒有消失，螢幕裡的電視人的身影反而越來越大。他的臉佔滿了整個畫面。感覺就像是從遠方步步逼近似的，電視人的臉逐漸拉成特寫。

接著電視人走出了電視。彷彿是從窗口出來一樣，手扶著邊框，腳一跨就踏出來了。他出來之後，螢幕上只剩下背景的白光。

他用右手的手指搓了左手一會兒，好像要讓身體適應電視外的世界似的。按比例縮小的右手一直搓著按比例縮小的左手。他一點也不著急，一副時間要多少就有多少的從容模樣，就像是個老練的電視節目主持人。接著他看看我的臉。

「我們正在製造飛機。」電視人說。沒有遠近感的聲音。薄薄的，簡直就像是寫在紙上的聲音。

配合著他的話，電視螢幕上出現了黑色的機器。看起來真的就像是新聞報導。首先出現了一個有如工廠般的寬廣空間，然後拉成位於正中央的作業區的特寫。兩個電視人正在為那機器加工，用扳手拴緊螺絲釘，調整一下儀表。他們全神貫注在那作業上。那是具怪異的機器，呈圓筒形，上部細長，四處有一些流線型的凸起。看起來與其說是飛機，不如說是巨型榨柳丁汁用的機器。既沒有機翼，也沒有座位。

「一點也看不出來是飛機。」我說。我的聲音聽起來不像是我的聲音，非常奇怪的聲音。好像用很厚的濾網將養分完全濾掉之後的聲音，彷彿自己變得很老了。

「那大概是因為還沒有上色吧。」電視人說。「明天就會漆上顏色。那麼一來，應該可以明顯看出是飛機了。」

「不是顏色的問題，是形狀的問題啊。那不是飛機。」

「如果不是飛機，那這是什麼呢？」電視人問我。我不知道。那這到底是什麼呢？

「所以說是顏色的關係嘛。」電視人以溫和的語氣對我說。「只要漆上顏色就會完全變成飛機了。」

我放棄再討論下去。不管是不是都無所謂。我心想。那不論是可以榨柳丁汁的飛機也好，是可以飛上天的榨柳丁機也好，是什麼都沒關係。妻子怎麼還不回來呢？我用手指再按按太陽穴。座鐘的聲音繼續響著。**嗒嚕噗**·**喀**·**噓嘶**·**嗒嚕噗**·**喀**·**噓嘶**。茶几上放著遙控器，旁邊堆著女性雜誌。電視仍然沉默。屋裡被電視微弱的光照亮著。

電視畫面裡的兩個電視人專注地繼續作業。影像比剛才清楚得多了，連機器上面儀表的數字現在都清晰可見。聲音雖然很微弱，但是仍然聽得到。機器發出了**嗒啊噗嘰啦呀非咯．嗒噗嘰啦呀非咯．啊嚕噗．啊嚕噗．嗒啊噗嘰啦呀非咯**的運轉聲。偶爾還會發出規律而清脆的金屬敲擊聲。那聽起來像**啊鈴鈴鈴鈴噗滋．啊鈴鈴鈴鈴噗滋**。還夾雜著其他各種聲音。不過我已經無法再清楚分辨出來了。總而言之，那兩個電視人正在螢幕裡努力工作，那是這段影像的主題。我靜靜看著那兩個人的作業好一會兒，螢幕外的電視人也默默注視著畫面裡夥伴的身影。莫名其妙的——我怎麼看都不認為那是飛機——黑漆漆的機器，浮現在白光中。

「你太太不會回來了嘍。」螢幕外的電視人對我說。

我看看他的臉，我不太懂他在說什麼。我像是在注視純白的映像管似的盯著他的臉。

「你太太已經不會回來了噢。」電視人用同樣的語氣說。

「為什麼？」我問。

「為什麼呀，因為已經不行了啊。」電視人說。好像飯店所使用的卡片式塑膠鑰匙似的聲音。平面的，沒有抑揚頓挫的聲音，從細縫中，有如刀刃般倏地插進來。「因為已經不行了，所以不回來。」

因為已經不行了，所以不回來，我在腦袋裡重複著。非常平板而沒有真實感，我不太能夠掌握其中的連貫性。原因咬住結果的尾巴正要吞進去。我站起來走到廚房。然後打開冰箱，深呼吸，拿出罐裝啤酒走回沙發。電視人仍靜靜站在電視機前面，看著我拉掉拉環。他的右肘搭在電視上。我並不特別想喝啤酒。只是不做點什麼會很尷尬，才去拿啤酒來罷了。只嘗了一口，但啤酒一點也不好喝。我原本一直拿著啤酒罐，因為覺得重，便放到茶几上。

然後我認真去思索，電視人聲稱妻子已經不會回來了這件事。他還說我們已經不行了。他說那是她不會回來的原因。不過我怎麼都不認為我們的關係已經到了無可挽回的地步。當然，我們並非完美的夫妻。我們在四年間吵過好幾次，我倆之間確實存在著一些問題。我們有時會把問題拿出來談。有些解決了，有些沒有解決。沒有解決的事大多先丟著，交給時間去處理。ＯＫ，我們是有問題的夫妻，話是這麼說沒錯。可是也不能因此就說我們已經不行了，不是嗎？哪裡沒有有問題的夫妻？而且現在才八點多，她只是因為某種原因沒有辦法打電話回來罷了。這種原因可以想出好幾個。例如……可是我一個也想不出來。我處於極度的混亂中。

我深深靠在沙發背上。

那架飛機——如果那是飛機的話——到底要怎麼飛呢，我心想。推進力是什麼？窗子在哪裡？究竟哪邊是前面哪邊是後面？

我非常疲倦，非常虛弱。必須寫信回絕堂妹才行，我心裡想著。就寫：很遺憾，因為工作的關係，實在無法去喝喜酒，在此先恭喜妳。

電視裡的兩個電視人和我毫不相干地，繼續勤奮地製造飛機。他們一刻不停地工作著。在那具機器完成之前，他們必須進行的作業好像有無限多似的。一個作業結束後，就馬不停蹄地著手進行下個作業。雖然並沒有精確的進度表和設計圖，他們卻十分熟悉自己該做些什麼，以及下一步該做什麼。攝影機極其巧妙地捕捉著他們那了不起的作業情況。讓人容易了解的準確運鏡。具有說服力的畫面。大概是有別的（第四個或第五個）電視人負責攝影機和控制台吧。

很不可思議的，一直看著電視人這種堪稱完美的工作態度，我也覺得那看起來越來越像飛機了。至少是漸漸覺得要說那是飛機也不奇怪了。至於哪邊是前面哪邊是後面，這種事我覺得已經不重要了。既然如此仔細地從事那麼精密的工作，就一定是飛機不會錯。即使看起來不像，對他們來說，那就是飛機了。的確就像這個男人所說的。

如果不是飛機，那這是什麼呢？

電視外的電視人動也沒動，一直維持原來的姿勢。他的右肘搭在電視上，看著我。我被他看著。電視裡的電視人繼續工作，聽得見座鐘的聲音。**嗒嚕噗**·**喀**·**嘯嘶**·**嗒嚕噗**·**喀**·**嘯嘶**。屋子裡昏暗而沉悶，走廊上傳來有人走動的腳步聲。

或許正是這樣，我突然這麼認為。或許妻子真的已經不會回來這裡了，我這麼認為。妻子已經到非常遙遠的地方去了。利用一切的交通工具，前往我所無法觸及的遠方了。也許我們的確是已經到了無法挽回的地步。也許已經失去了。而且只有我沒有發現。我心裡的各種思緒解散開來，然後又合而為一。或許正是這樣，我脫口而出。我的聲音在自己體內非常空虛地響著。

「只要明天漆上顏色，就更容易看出來了。」電視人說。「只要漆上顏色就會成為一架完美的飛機了。」

我看看自己的手掌。我的手掌看起來好像比平常略微縮小。只縮小了一點點。也許是心理作用；也許只是因為光影而看來如此；也許是遠近感的平衡出了問題。不過看起來手掌好像真的縮小了。等一下，我想發言。我不能不說些什麼。我有些事應該說。否則我就會逐漸乾縮，然後變成石頭。就像其他那些人一樣。

「等一下會有電話打來噢。」電視人說。然後好像在計算似地停了一下。「大概再五分鐘。」

我看看電話。我想到了電話的線路，連接到每一個地方的電話線。在那恐怖的線路迷宮中的某個終端，妻子就在那裡，我心想。非常遙遠，遠到我所無法觸及。我可以感覺到她的心跳。再過五分鐘，我心想。**哪邊是前面哪邊是後面呢**？我站起來想說些什麼。可是就在站起來的瞬間，竟變得無法言語。

いかにして
にひとりご

飛行機——
あるいは彼
詩を読むよ
とを
言ったか

飛機——

或者他怎麼像在念詩般自言自語呢

那個下午，她開口問了。「咦，你以前就有自言自語的毛病嗎？」她像是突然想到似的，從桌子上輕輕抬起頭這麼問。但很明顯地，這並不是忽然心血來潮所想到的問題。她很可能一直將此事放在心上。她的聲音裡帶著在這種情況下無法避免的、略帶沙啞的不自然腔調。在真正說出口之前，這句話不知道已經在她的嘴邊打轉過多少次了。

兩人在廚房隔著餐桌面對面坐著。如果撇開偶爾從緊臨的鐵道通過的電車不談，這附近可說是非常安靜。有時甚至會過於安靜。沒有電車通過時的鐵道，安靜得有些不可思議。廚房鋪的是塑膠地板，這讓赤腳的他覺得腳底冰涼涼的非常舒服。他脫掉了襪子，塞進長褲口袋裡。因為以四月來說，這是略過溫暖的下午。她穿著淺色的格子襯衫，袖子挽到了手肘處。然後用白皙而纖細的手指不停撥弄著咖啡匙柄。他凝視著她手指的動作。靜靜看著，情緒便奇妙地變得比較自然。看起來，她彷彿是抬起了世界的一端，然後一點一點搓弄著似的。雖然要花些時間，卻不得不從那裡開始搓揉，就這樣，有如例行公事般，不帶有絲毫情感。

他默默凝視著那動作。他之所以不發一語，是因為不知道該說些什麼才好。他杯中僅存的少許咖啡已經變冷，並開始變混濁了。

他才剛滿二十歲。她比他大七歲，已婚，甚至還有小孩了。總而言之，她對他來說就像是月球的背面一樣。

她的先生在專辦海外旅遊的旅行社工作。因此每個月差不多有一半的時間不在家，前往倫敦、羅馬、新加坡等地。她的先生似乎很喜歡歌劇，家裡有威爾第（Giuseppe Verdi）、普契尼（Giacomo Puccini）、董尼才第（Gactano Donizetti）、理查·史特勞斯

（Richard Strauss）等三張或四張一套厚厚的唱片，並且依照作曲家分類整齊排放著。看起來與其說那是唱片收藏，不如說是某種世界觀的象徵。那看起來沉穩又非常堅定。在他感到詞窮或閒得發慌時，他總是會逐一看著那些唱片側背上的文字。從右到左，再從左到右。然後在腦海裡逐一默誦標題。《波希米亞人》、《托絲卡》、《杜蘭朵公主》、《諾瑪》、《費黛利奧》……。這種類型的音樂過去他從來不曾聽過。在表示好惡之前，連聽到的機會都沒有。不論家人也好，朋友也罷，他的身邊沒半個喜歡歌劇的人。他知道世界上有歌劇這種音樂存在，也知道有聽那種音樂的人存在。但親眼目睹世界這樣的一面，這還是第一次。至於她，則並不特別喜愛歌劇。「並不是討厭喲。」她說，「只是太長了。」

唱片櫃旁邊是一套相當高級的音響。外國製的大型真空管擴大機，像是被嚴格統御的甲殼動物般，嚴肅地俯首待命。不管怎麼看，在其他那些只能說是簡樸的家具中，那都無法不引人注目。本身的存在感特別突出。因此目光便會不知不覺落在那裡。不過，他卻從來不曾聽過這套設備實際發出聲響。她甚至連電源開關的位置都不知道，而他也沒想過要去碰。

我的家庭並沒有問題，她對他說。她曾經多次這麼表示。先生是個體貼的好人，也非常愛孩子，我覺得自己應該是幸福的，她平靜地以淡淡的語氣這麼說。那裡面聽不出辯解的成分。她好像是在談論交通規則或是國際換日線一樣，客觀地述說婚姻生活。我覺得自己是幸福的，沒有任何問題喲。

那為什麼要和我上床呢，他心想。雖然他試著仔細去思考，卻得不到答案。大概連婚姻生活中的問題具體上究竟是指哪些事，他都無法理解。他也曾經想直接問她，卻又難以啟齒。該怎麼開口才好呢？既然那麼幸福，為什麼還要和我上床，可以這麼直截了當問她嗎？若是問了這種事，她一定會哭吧，他心想。

但他即使不這麼做，她還是經常哭。非常小聲地，哭上很長的時間。大部分的情況，他都不明白她哭泣的原因。女人一旦開始哭，就很難停下來。不論他如何安慰她，不哭到一定的時間就絕對不會止住。而相對的，即使什麼都不做，只要經過一定的時間就會自然而然停止哭泣。人哪，為什麼一個個都這麼不一樣呢，他心想。他以前曾經和好幾個女人交往過。她們的悲傷、歡笑和憤怒都各不相同。當然也會有相似之處，但不一樣的地方卻多得多。那似乎和年齡完全無關。雖然是第一次和比自己年長的女人交往，可是他並不如自己想像中那麼在意年紀。相較之下，每一個人所擁有的傾向性，其間的差異更令他覺得意義深遠。而且他認為那才是解開人生之謎的重要關鍵。

當她停止哭泣後，兩人經常就開始做愛。女方只有在哭泣之後才會要求他。除此之外，總是由他要求女人。女人也曾拒絕過，她一言不發默默地搖搖頭。在這種時候，她的眼睛看起來就像是在黎明時分，浮現在天空一端的蒼白月亮。在黎明時分被一聲鳥鳴所震動，扁平而帶著暗示的月亮。一看到那樣的眼睛，他就什麼也說不下去了。即使求歡被拒，他並不會特別因此而生氣，也不會感到不快，只認為不過就是這麼回事吧。甚至心底還會鬆了一口氣。這種時候，兩人便坐在餐桌旁，邊喝咖啡邊有一搭沒一搭地輕聲交談。大多是些瑣碎而不連貫的話題。兩人都具有不太多話的性格，共同的話題也不多。到底聊了些什麼，他已經想不起來了，只記得是斷斷續續地聊著。在聊著的那一段時間，電車一班又一班從窗外經過。

兩人的肉體接觸時，總是沉穩而安靜。其中並沒有實質意義上的肉體歡愉。但如果說沒有男歡女愛的成分，當然也是騙人的。只不過，其中還摻雜了過多的其他思緒、要素與形式。那和他以前所體驗過的性愛都不同，那令他聯想到小房間。一間整理得很乾淨給人感覺很好的小房間，也很舒適。從那天花板上垂下了五彩繽紛的彩帶，每一條的形狀都不一樣，長度也各不相同。那一條一條都牽動著他的情緒，令他顫抖。他想試著去拉動其中一條看看。那些彩帶也在等待他來拉動，可是他並不知道該拉哪一條才好。似乎拉動某一條就會有美妙的風景在眼前豁然展開，但相反的，卻又覺得好像一切都會在瞬間破滅。他因此而非常迷惘。而後就在迷惘中度過了那一天。

他覺得這種狀況很不可思議。他一直認為自己是帶著自我的人生觀活著。可是待在這間屋子裡，一邊擁抱年長而沉默寡言的女人一邊聽著電車經過的聲音時，他偶爾也會感到自己在極度的混亂中徬徨躊躇。我大概是對這個女人懷抱著愛情吧，他曾經多次試著這麼問自己。可是他卻得不到有把握的答案。他所能理解的，只有從那小房間的天花板垂下來的五色彩帶而已。因為那就在那裡。

每當這奇妙的交合結束，她總會瞄一下鬧鐘。從他的臂彎中稍微轉過頭去，看一下枕邊的鬧鐘。那是個帶ＦＭ收音機的黑色鬧鐘。當時那種鬧鐘收音機的數字面盤並不是液晶的，而是會發出啪噠啪噠的聲音、捲動小牌子的型式。只要她一看鬧鐘，電車就會從窗外經過。不可思議的是，每當她把目光移向鬧鐘，就一定會聽到電車的聲音。簡直就像宿命式的條件反射一樣。她看鬧鐘——電車經過。

她之所以要看鬧鐘，是為了確定四歲女兒從幼稚園回來的時間。他只有一次在很偶然的情況下看到那個小女孩。唯一留下的印象就只有是個非常乖巧的小孩而已。至於那個喜愛歌劇，任職於旅行社的丈夫，則一次也沒見過。真是值得慶幸的事。

女人提出關於自言自語的疑問，是在五月的一個下午。她那天也哭過，因此兩人也做了愛。至於那天她為什麼哭，他已經想不起來了。大概她只是因為想哭而哭的。或許她只是為了想被人擁在懷裡哭泣才和我交往的，他甚至曾這麼認為。她說不定是因為無法獨自一個人哭泣，所以才需要我吧。

將房門鎖好，窗簾放下來，把電話拿到枕邊，然後兩人在床上做愛。如同往常一樣，非常安靜地。過程中門鈴響過一次，但她沒有去應門。而且一點也不驚慌或害怕。她彷彿在說「別擔心啦，沒事的」似地默默搖了搖頭。門鈴響了好幾聲，但對方終於死心離開了。不過是個無關緊要的人，她彷彿在這麼說。只是推銷員什麼的。可是這種事她怎麼會知道呢，他覺得很不可思議。不時可以聽到電車的聲音。從遠處傳來鋼琴的演奏，那個旋律依稀有些印象。以前，曾經在學校的音樂教室聽過的某首曲子。不過那曲名卻怎麼也想不起來。一輛賣菜的卡車發出喀噠喀噠的聲音從外面經過。她閉上眼睛，深深吸了一口氣，他射精了。非常安靜地。

他去浴室沖了個澡。當他用浴巾擦著身體走回來時，她正閉著眼睛趴在床上。他在一旁坐下來。然後像平常那樣，邊用眼睛逐一看著歌劇唱片側背的文字，邊用指尖輕撫女人的背。

接著女人起身穿戴整齊，走去廚房泡咖啡。過了一會兒，女人這麼說道：「喂，你以前就有自言自語的毛病嗎？」

「自言自語？」他訝異地反問。「妳說的自言自語，是在那個的時候嗎？」

「不是啦。不是那個時候，是平常的時候。例如沖澡的時候，或是我在廚房而你一個人在看報紙的時候。」

他搖搖頭。「不知道。我根本沒發覺自己在自言自語。」

「可是真的有哦，真的。」女人邊把玩著他的打火機邊說。

「我並沒有不相信啊。」他用似乎不太高興的聲音說。然後叼了根香菸，從她手中取過打火機點火。他不久之前才將所抽的菸換成七星，因為她先生抽的是七星。他原本一直都是抽短支的HOPE。並不是她要求換成同一種菸，而是他自己靈機一動想到要換的。這個改變想必會方便不少，就像電視的肥皂劇中經常出現的情節。

「我小時候也常常自言自語。」

「是嗎？」

「不過被我媽給糾正了。她說那樣太不像樣了。所以只要我一自言自語，就會受到嚴厲的責罵，或是被關進壁櫥裡。壁櫥裡非常可怕。黑暗，而且還有一股臭霉味，也會挨捧，用尺打膝蓋。後來就漸漸不再自言自語了，完全不再犯了。在不知不覺間，就變得即使想說也說不出來了喲。」

他不知道該說什麼才好，便保持著沉默。女人咬了咬嘴唇。

「直到現在即使突然想說什麼，也會反射性地將那些話嚥回去。因為小時候被罵的緣故。可是我不明白。到底為什麼不能自言自語呢？只不過是有話自然冒出來而已嘛。如果我媽還在，我一定要問一下究竟是哪裡不好。」

「已經去世了嗎？」

「嗯。」她說，「可是我想好好問問她，為什麼要那樣對我。」

她繼續撥弄著咖啡匙。然後忽然看了一眼掛在牆上的時鐘。她一看時鐘，窗外又有電車經過。

她等待電車經過，然後才開口說：「我覺得，人心就像是一口深井。誰也不知道井裡究竟有些什麼。只能藉著偶爾從那裡浮出來的東西的形狀來想像而已喲。」

兩人思考了一下。

「我都自言自語些什麼呢？舉個例子吧。」他試著問。

「這個嘛。」她說著緩緩搖了幾次頭。好像在悄悄確定頸部關節的活動狀況似的。「比如說嘛，飛機啦。」

「飛機？」他說。

沒錯，她說。在天空飛的飛機。

他笑了。為什麼自言自語會說到飛機什麼的呢？

她也笑了。然後用右手的食指和左手的食指，測量飄浮在空中的虛構物體的長度。那是她的習慣。偶爾他也會做出相同的動作，因為被她的習慣傳染了。

「說得非常清楚喲。你真的不記得了嗎？」她說。

「不記得了。」

她拿起桌上的原子筆，轉動把玩了一會兒，不久又看看時鐘。在五分鐘之間，時鐘的分針確實地前進了五格。

「你簡直就像是在念詩一樣自言自語喲。」

她這麼說了之後變得有些臉紅。為什麼我的自言自語會讓她臉紅呢，想到這個他不禁覺得奇怪。

「我簡直就像是
　在念詩一樣

自言自語」

他試著這麼說。

她又把原子筆拿在手上。一枝印有某銀行某某分行十週年紀念的黃色塑膠原子筆。

他指指那枝原子筆。「喂，如果下次我又自言自語，能不能用那個幫我記下來呢？」

女人彷彿要看穿他似地凝視著他。「真的想知道嗎？」

他點點頭。

她拿來便條紙，開始用原子筆在那上面寫下了些東西。緩慢，但絲毫沒有停滯阻礙地，她持續揮動原子筆。這段時間他撐著下巴，看著她長長的睫毛。每隔幾秒鐘不等，她會眨一下眼睛。在凝視著那睫毛——剛才還沾著淚水的睫毛——時，他又逐漸心生疑惑。對於和她上床這件事，究竟具有什麼意義呢，這一類的問題。一種彷彿由複雜系統的一部分拉伸出來而變得無比單純的奇妙失落感向他襲來。他心想，如果這樣下去，或許自己哪裡也去不了了。一這麼想，他就害怕得不得了，覺得本身的存在好像就要這麼融化殆盡似的。沒錯，因為他仍如同剛生成的泥土般年輕，還會像在念詩一樣自言自語。

寫好之後，女人將那便條紙遞過桌面，他接了過去。

廚房裡有某種殘像正悄悄屏著氣息。只要和她在一起，他就經常會感覺到那種殘像的存在。被遺失在某處的某種殘像。他不記得的某種殘像。

「我可以全部背出來噢。」她說。「這是有關飛機的自言自語。」

他試著把那讀出聲來。

飛機
飛機在飛
我，在飛機上
飛機
是在飛著
可是，即使在飛著
飛機在
天上嗎

「就這些？」他略顯詫異地說。
「是啊，就這些。」她說。

或者他怎麼像在念詩般自言自語呢

「真不敢相信阿。這麼長的自言自語，我自己竟然完全不記得。」他說。

她輕輕咬住下唇，然後微笑了一下。「可是你真的說了喲。」

他嘆了一口氣。「真奇怪，我從來不曾想過飛機的事。完全沒有那種記憶。為什麼會突然冒出來有關飛機的事呢？」

「可是你剛才在浴室，就是喃喃說著那些呀。所以就算你沒有想過飛機的事，你的心卻在某個遙遠的森林深處想著飛機的事情喲。」

「或是在某個森林的深處製造飛機也不一定。」

她喀噠一聲把原子筆放到桌上，然後抬頭凝視著他的臉。

兩人一時之間沉默下來。桌子上的咖啡越來越濁，越來越冷。地軸在迴轉，月亮悄悄改變重力產生潮汐。時間在沉默中流逝，電車由鐵道上通過向前駛去。

他和女人都在想著同樣的事情。想著飛機的事。他的心在森林深處製造著的飛機。那架飛機到底有多大、是什麼形狀、漆成什麼顏色、究竟要飛往何處等等，還有就是誰會來搭乘。想著那架一直在森林深處等著誰的飛機的事。

不久後她又哭了。她在一天之內哭兩次，這還是第一次。而這也是最後一次。對她來說，那是件相當特別的事。他將手伸過桌子去撫摸她的頭髮，那是一種非常真實的觸感。有如人生一般，堅韌而光滑，而且在遠處。

他思索著。沒錯，那個時候，我簡直像在念詩般自言自語著。

飛行機——あるいは彼はいかにして詩を読むようにひとりごとを言ったか

前史

我らの時代の
フォークロア
高度資本主義

我們那個時代的民間傳說——
高度資本主義前史

這是真實的故事，同時也是個寓言。而且，也是我們在一九六〇年代的民間傳說（folklore）。

我生於一九四九年。一九六一年上中學，一九六七年進大學。然後在那個紛擾的騷亂中迎接二十歲。因此正如字面所示，我們是六〇年代的孩子（Sixties Kids）。在人生當中最容易受傷、最不成熟，因此也是最重要的時期，盡情呼吸一九六〇年代強悍而狂野的空氣，並且理所當然的，宿命地沉醉於其中。從門合唱團（Doors）、披頭四（The Beatles）到鮑布．狄倫（Bob Dylan），背景音樂也是多彩多姿的。

在一九六〇這個年代裡，的確有某些特別的事物。不但現在回想起來會這麼認為，即使當時也是這麼認為：這個時代有某些特別的東西。

我並不是要讓任何東西都變成回顧式，也不是以自己所生長的時代而自傲（到底有哪裡的哪個人會為了何種原因，而非得為某個時代感到自傲不可呢？）。我只不過是將事實據實陳述而已。沒錯，那裡的確有某些特別的事物。話雖如此——只是我個人以為——那些事物本身並沒有什麼值得一提的珍貴之處。時代的變革所產生的熱力、當時所立下的約定、某種事物在某種時期所發出的某種特定的光輝，以及像是把望遠鏡倒過來所看到的宿命般的焦慮，英雄與惡棍、陶醉與幻滅、殉道與改變信仰、總論與個論、沉默與雄辯，以及無聊的等待、et cetera, et cetera。無論哪個時代都一定會有這些東西，而且現在也一定有。可是在我們那個時代（這種表現方式有一點誇張，請見諒）裡，這些東西一個個都清清楚楚，以隨手可得的形態存在著。一個個都陳列在架子上。而且不會像現在這樣，如果要去拿什麼東西，誇大不實的廣告啦實用的相關資訊啦折價券啦升級選配啦，這些複雜麻煩的玩意兒就會接踵而來。操作手冊也不會有多到必須兩手合抱交付給人（好的，這是初級使用說明書，這是中級的，這是高級應用篇，還有這是連接高級機種的說明書……）的情況出現。我們可以很簡單地取得東西，然後帶回家。就像在夜市買小雞一樣，非常簡單而粗野。而且那或許是最後一個適用這種做法的時代了。

高度資本主義前史。

我想來談談女孩子。談一談擁有近乎新品的男性生殖器的我們，和當時仍是少女的她們之間，吵吵鬧鬧既愉快又悲傷的性關係。那是這個故事的主題之一。

首先是有關處女性（「處女性」一詞，讓我想到了春天一個好天氣的午後原野。為什麼會這樣呢？）。

在一九六〇年代，所謂的處女性，和現在相比仍具有重大的意義。就我的感覺來看——當然，因為沒有做過問卷調查，只能說大約——我們這個世代在二十歲之前失去處子之身的女孩子，大約佔全體的五成。至少在我周圍的比率差不多是如此。換句話說，有將近一半的女孩子，不知是否是出於意識，仍然尊重所謂的處女性。

但如今一想，我們這個世代大部分的女孩子（也可以稱之為中間派吧），從結果來看，不論是不是處女內心應該都曾有過種種猶豫吧。時至今日，處女性已不再被認為有什麼大不了的，但反之也無法斷言，說那種東西毫無意義，或是說別人像傻瓜一樣。因此其結果簡單來說——說實在的——是發展過程的問題。視情況、視對象等因素而定。我個人認為，這是相當妥當的想法及生活方式。

而將大多數比較沉默的他們夾在中間的，是自由派和保守派。從認為性只是運動的女孩子，到堅持婚前必須保持處子之身的女孩子都有。而在男人之中，也有那種結婚的對象非得是處女不可的傢伙。

每一個時代都是如此，有各式各樣的人，有各式各樣的價值觀。可是一九六〇年代和相鄰的其他年代的不同之處在於，我們都確信如果時代就這樣順利進行下去，總有一天能夠消弭那種價值觀的差異吧。

PEACE。

這是一個我認識的人的故事。

他和我是高中同學。如果用一句話來形容，他是個無所不能的男人。成績好，運動也行，親切，具有領導能力。雖然並不特別帥，但也長得白白淨淨，給人很好的感覺。總是理所當然地擔任班長。聲音也非常嘹亮，很會唱歌。口才也很好。每當班上有討論會時，他都會在最後發表整合的意見。當然那根本算不上是獨創的意見。可是究竟有誰會在班上的討論會裡要求獨創的意見呢？我們在那裡所要求的，還不就是盡早結束罷了。所以只要他開口，就一定會在適當的時間結束。在這層意義，他也可以算是個挺寶貴的男人。因為世界上需要非獨創事物的情況也比比皆是——說來這種情況還多得多。

此外，他也是個重視規律和良心的男人只要有人在自習時間吵鬧，他就會溫和地提醒他們。沒有人會抱怨。可是這種男人的腦袋裡到底在想些什麼，我根本無法想像。所以常常會想要把他的腦袋從脖子上摘下來搖一搖，試試究竟會發出什麼聲音。不過他非常受女生的歡迎。在教室裡只要他一站起來說什麼，女生們都會用像在說「哇——」那樣的崇拜眼神看著他。碰到不懂的數學問題，也都會去請教他。他的人緣大概比我好二十七倍。確實就是那樣的一個男人。

如果您念的是公立高中，我覺得應該就能理解那種類型的男人的確存在吧。無論哪個班級至少都會有一個這種人，否則班上就無法正常運作。我們長期接受學校教育，自然會逐漸學到各種生活守則，但不論願意與否，只要身處團體之中，就不得不承認並接受這種類型的人的存在，這是我從中學到的智慧之一。

但不用說，我個人並不太喜歡這種類型的人。我們合不來。不知道為什麼，我喜歡的是那種比較不完美，而且比較有真實感的人。所以儘管同班一年，我們卻簡直是沒有來往，甚至連開口說話都幾乎沒有。我第一次正式和他交談，是在大學一年級的暑假。我們在同一家駕駛訓練班上課，在那裡遇到而聊了幾次，在等待的時候也一起喝過茶。駕駛訓練班這種地方，真的是無聊又乏味，只要遇到認識的人，不管是誰，我都想和他聊一聊。雖然已經不記得聊了些什麼，但並沒有留下什麼不好的印象。很不可思議的，不論是好的或壞的印象都沒有（只不過我在取得臨時駕照前就和教練打架而完全退訓了，當時的往來也很短暫）。

後來之所以還記得他，是因為他有一個女朋友。她是別班的女生，在校內也是數一數二的美女。是美女，成績好，運動行，具領導能力，班上有討論會時都會在最後發表整合的意見。無論哪個班級都至少會有一個這樣的女生。

總而言之，他們是相配的一對。

我曾在許多地方看到他們倆的身影，午休時經常並肩坐在校園的一隅聊天。兩人也經常相約一起回家，搭同一班電車，在不同的車站下車。他是足球隊員，她則參加了ESS（現在ESS一詞是否仍然存在，我並不清楚。總之就是英語會話社）。社團活動結束的時間不一致時，較早結束的那一方就先去圖書館念書。他們似乎是只要有空就會在一起。而且總是一直一直在聊著。記得我常常會為他們竟然有這麼多話可聊而佩服不已。

我們（這是指我和我那夥不完美的朋友）誰也不曾去嘲弄過他們，也不會拿來當話題。那是因為其中完全沒有我們可以發揮想像力的空間。那已經成為理所當然的東西存在於那裡了。Mr. Clean 和 Miss Clean，就像是牙粉廣告一樣。他們在想什麼或做什麼，這些事我們絲毫沒有興趣。我們感興趣的遠遠更有活力的世界，政治、搖滾樂、性以及迷幻藥。我們鼓足了勇氣去藥房買保險套，學習單手脫掉胸罩的方法。我們製造了據說可以代替LSD的香蕉粉，然後用煙筒吸食。還去找了類似大麻的草，曬乾後用紙捲起來抽。當然並沒有效果，可是那就足夠了。因為那只是一種儀式，我們只不過是對於儀式本身一直很high。

在那種時期，誰還會對Mr. Clean 和Miss Clean這一對璧人感興趣呢？

當然，我們既無知又傲慢。我們完全不明瞭所謂人生到底是怎麼一回事。在這個現實的世界裡，Mr. Clean 和Miss Clean都不存在。那只是個幻想。那種東西只存在於迪士尼樂園和牙粉廣告的世界裡。而我們所懷抱的幻想，和他們所懷抱的幻想，在程度上並沒有多大的差別。

這是他們的故事，並不是什麼愉快的故事，也沒有類似教訓的東西。但這是他們的故事，也是我們自己的故事。因此換句話說，也就是民間傳說。

這是從他那裡聽來的。而且是在喝著葡萄酒，天南地北閒聊之後忽然說出來的事。所以嚴格說來，或許並不能算是真人真事。其中有一部分我聽過就忘記了，而且在細節上還適度地摻雜了一些想像。此外為了避免造成當事人的困擾，我刻意（不過是在完全不影響故事情節的範圍內）將事實做了部分改寫。不過我認為實際也差不多就是這個樣子吧。這是因為即使我忘掉了細節，他說話的調子卻令我至今仍然記憶猶新。把從別人那裡聽來的事改寫成文章時，最重要的就是要重現那事的調子。若是能夠握住那調子，那件事就會成為真實的故事。或許和事實會有幾分出入，仍然是真實的故事。和事實的出入甚至還會提高真實性。相反的，世界上也有和事實完全吻合，卻全然不真實的故事。那種故事大體上都很無聊，而且在某些狀況下還會有危險。不管怎麼說，那種東西靠味道就可以分辨。

還有一點我想事先聲明一下，那就是以敘事者來說，他只是個二流的貨色。不知道為什麼，在其他方面毫不吝嗇的慷慨造物主，卻似乎並未賜予他說故事的能力（其實這種牧歌式的技能在現實生活中根本沒有用處）。因此說實在的，我在聽他講述時，好幾次都不禁想打呵欠（當然並沒有那麼做）。有時候會出現不必要的離題，有時候說著說著又會在同一個地方打轉，而且花了不少時間去回憶往事。他將事情的片段拿在手中慎重地審視，確定無誤後才一一依照順序排放在桌子上。可是那順序卻往往不正確。我以小說家的身分——專業敘事者的身分——將那些片段前後更換，塗上接著劑後再小心翼翼黏在一起。

我和他是在義大利中部一個名叫盧加（Lucca）的城市不期而

遇。

義大利中部。

當時我在羅馬租了一間公寓。由於妻子正好有事回日本，我便趁那段時間一個人悠哉地享受火車旅行之樂。從威尼斯經過維洛納（Verona）、曼托瓦（Mantova）、莫德納（Modena），然後順便前往盧加。這是我第二次來到盧加。一個安靜的好城市。而且市郊還有供應美味蘑菇料理的餐廳。

他是因為商務而來盧加的。我們正巧住在同一家飯店。

世界真是小。

那天晚上，我們在餐廳一起吃飯。我們都是獨自旅行，也都覺得很無聊。隨著年齡的增長，一個人旅行就會變得無聊。年輕時就不同了。不論是一個人還是怎麼樣，到哪裡都能充分享受旅遊之樂。但年紀一大就不行了。單獨旅行之樂只有最初的兩、三天。但漸漸就會對風景感到厭煩，人聲也變得刺耳。一閉上眼睛，不禁就會想起不愉快的往事。到餐廳吃飯也逐漸提不起興致。感覺上等電車的時間會變得長得不像話，變得會頻頻看時間，使用外語也漸漸覺得麻煩。

因此我們一看到彼此的身影，頓時都覺得輕鬆不少。我們在餐廳壁爐前的位子坐下，點了上等的紅酒，吃了蘑菇做的前菜、蘑菇義大利麵，以及烤蘑菇。

他是為採購家具而大老遠來到盧加的，他經營了一家專門進口歐洲家具的公司。當然也很成功。他並不驕傲，也不炫耀什麼（他只是給我一張名片，說自己開了家小公司），但一眼就可以看出他已經獲得了世俗的成功。從穿著、談吐、表情、舉止和散發出來的氣質便可以完全明瞭。成功和他這種人非常相稱，令人感覺很舒服。

他表示看過我所有的小說。「我覺得，也許我和你不但想法不同，追求的目標也不一樣。可是能夠把什麼對別人講述些什麼，我認為是件很棒的事。」他說。

這是真話。「如果能夠說得好的話。」我說。

我們起初是聊著有關義大利這個國家的事。火車時刻表不可靠啦，花費太多時間在吃飯上等等。但我也不記得為什麼會變成那樣，在第二瓶奇揚地(Chianti)紅酒送來時，他已經開始說起那個故事了。於是我邊聆聽邊不時出聲附和。我認為他大概很久以前就想告訴別人那個故事，可是對誰都開不了口。而且如果不是在義大利中部小城一家舒適的餐廳裡，如果酒不是八三年份香醇的卡提布諾(Coltibuono)，壁爐裡沒有燒著柴火的話，那個故事或許到最後都不會被說出來。

不過他說了。

「我越活越覺得自己是個無趣的人。」他說，「從很小的時候起，我就是個循規蹈矩的小孩。我總覺得自己周圍好像有個框，生活中一直都小心翼翼不要踰越那個範圍。眼前似乎看得到指標。就像是人性化的高速公路一樣。往某地請靠右線、前有彎道、禁止超車之類的。只要依照那個指示就會非常順利。任何事情都是。只要那麼做就會被大家稱讚，讓大家佩服。其他那些小時候和我一樣的人，想必也都有這樣的感覺吧。可是我卻逐漸明白事情不該如此。」

他舉起酒杯遮著火光，看著那好一會兒。

「我的人生，至少在最初的部分，就那種意義而言是非常平順的，沒有遇到過任何算是問題的問題。但相對的，我卻連自己生的意義都無法好好掌握。內心那種鬱悶之情隨著成長而越來越強烈。我不知道自己究竟在追求什麼。那是全能症候群。也就是說，數學好，英文也好，體育也要好，樣樣都要拿手。父母會誇獎我，老師會說沒問題，也可以進入好的大學。可是我卻不知道自己到底適合什麼，究竟想做什麼。該選擇大學的哪一個科系才好，我自己完全沒有概念。是應該念法學院，還是應該進工學院或醫學院？我覺得哪一種都好，也都足以勝任。可是事情卻不能這樣。於是我依照父母和老師的意思，進了東京大學法學院。因為他們認為那樣最妥當。我缺少一個明確的方面。」

他又喝了一口酒。「你還記得我高中時代的女朋友嗎？」

「好像姓藤澤是吧？」我努力把名字想出來後說。雖然沒什麼自信，但完全正確。

他點點頭。「沒錯，藤澤嘉子。她的情況也一樣。我很喜歡她，喜歡和她在一起，聊各種話題。我把自己的心事全都告訴了她，而她也完全能夠了解我所說的事。因此我們永遠有說不完的話。那真的是非常美好的事。因為在認識她以前，我連一個能夠好好說話的朋友都沒有。」

他和藤澤嘉子可以說是精神上的雙胞胎。兩人的生長環境相似到可怕的程度。兩人都是眉清目秀，成績優異，天生的領導者，是班上的超級巨星。雙方的家境都十分富裕，父母的感情都不好。母親略比父親年長，父親在外面金屋藏嬌，很少回家，沒有離婚只是為了顧全面子。家中由母親主掌大權。不論做什麼事，名列前茅都被認為是理所當然的。兩人都交不到知心的朋友。他們都很受歡迎，可是卻交不到朋友，原因是什麼我也不明白。大概是因為一般不完美的人，都會選擇和自己一樣不太完美的人當朋友吧。他們一直是孤獨的，也一直被逼得很緊。

可是兩人卻在偶然的機會下成了好朋友。我們兩心相許，不久就成為情侶。總是共進午餐，放學一起回家。只要一有空，兩人就並肩說著話。可以聊的事情多得不得了。到了星期天就一起念書。兩人都覺得只有在兩人獨處的時候心情最平靜。彼此的情緒他們都完全能夠明瞭。對於彼此以往所擁有的孤獨、失落、不安、以及某種如夢般的心情，他們總是不厭煩地互相傾訴。

兩人開始每星期愛撫一次。通常是在某一方家裡的房間進行。由於雙方的家裡都沒什麼人（父親不在家，母親也經常有事外出），要那麼做很方便。他們的規則是不脫衣服，而且只用手指。用那種方式貪婪而激情地擁抱十到十五分鐘之後，兩人便並肩坐在同一張書桌前念書。

「好了，這樣夠了吧？該開始念書了。」她邊整理裙襬邊說。由於他們的成績不相上下，兩人可以像在遊戲一樣享受讀書之樂。例如用計時競賽的方式來解答數學題。用功念書這件事對他們而言，一點也不痛苦。對他們來說，那彷彿是第二天性一樣。那是非常快樂的事噢，他說。也許你會認為很蠢，但是真的很快樂。那種樂趣，大概只有我們這種人才能夠體會吧。

不過，他對那樣的關係卻並不完全滿足，他覺得缺少了什麼。是的，他想和她上床。他想要真正的性愛。「肉體上的一體感」，他採用了這種說法。「我覺得那是必要的。由於已經進展到那種程度，我認為我們應該更放得開，更進一步了解彼此。對我來說，那是一種非常自然的情感發展。」

可是她卻以完全不同的觀點來看事情。她緊閉雙唇，輕輕搖搖頭。「我非常喜歡你噢。可是我想在結婚之前保持處子之身。」她以平靜的語氣說。而後即便他費勁唇舌試圖說服，她都不為所動。

「我喜歡你，非常喜歡噢。可是，那個和這個完全是兩回事。那對我而言是已經下定了決心的事。我覺得很抱歉，但也請忍耐。求求你，如果真的喜歡我，該可以忍耐吧？」

既然都那麼說了，也只好尊重呀，他對我說。那不但是生活方式的問題，而且也不是毫無道理可言。對於對方是不是處女，我認為自己倒沒有那麼重視。如果我結婚的對象不是處女，我想我也不會特別在意吧。我並非思想激進的人，也不是愛幻想的人，但這並不表示我很保守。我只是很實際。是不是處女，對我來說並不是特別重要的現實問題。重要的是，男女之間是否能夠完全彼此了解。我是這麼認為的。不過那畢竟只是我的想法，不能強迫別人接受。她有她在心裡描繪的人生前景，所以我只能忍耐。一直都是把手伸進衣服裡來愛撫。你應該知道我說的是怎麼回事吧？

大概知道，我說。我也有過經驗。

他變得有點臉紅。然後露出微笑。

那其實也不錯。只是一直停留在那個階段，我的心永遠也無法得到慰藉。對我來說，那只不過是中途的過程而已。我所渴望的，是毫無保留地和她結合為一體。擁有，也被擁有。我需要那種證明，其中當然也包含性慾，但並不只是那樣。我所說的是肉體上的一體感。自從出生以來，我從未感受過那種一體感。我一直是孤零零的，而且一直都在某種框框中處於緊張狀態。我希望能解放自我。藉由自我的解放，應該就可以找到以往一直顯得模糊不清的自我。藉由和她緊緊結合為一體，我好像就能夠拆除限制著我的框框。

「可是沒辦到？」我問。

「嗯，是沒辦到。」他說。然後靜靜望著壁爐中燃燒的柴薪好一會兒。他的目光出奇地單調。「一直到最後都沒有辦到。」

他也曾認真考慮過和她結婚，而且也毅然試著將此事提出來。大學一畢業，我們就可以立刻結婚。一切都沒有問題。訂婚的話就早一點吧。她凝視著他的臉好一會兒，然後露出了微笑，那真是個迷人的笑靨。她確實是因他那一番話感到高興。然而那也同時包含著有如久經世故的人在聽到年輕人不成熟的高論時，似乎是寂寞而又帶著從容的笑意。至少讓他有這種感覺。唉，那可不行噢。我不能和你結婚。我要嫁給比我大幾歲的人，而你該娶比你小幾歲的人呀。那是社會上一般的潮流。女人說起來要比男人早熟，所以也比較早衰老。你還不太懂人情世故喲。即使我們大學畢業後立刻結婚，也一定不會順利走下去的。我們一定不會像現在這樣的。當然，我是很喜歡你的。除了你，我這輩子沒有喜歡過別人。可是那個和這個是兩回事（那個和這個是兩回事是她的口頭禪）。我們現在還只是高中生，在許多方面都還受到妥善的保護。可是外面的世界就不同了。是更大、更現實的。我們必須為那作好準備才行。

她所要表達的事情，他覺得都可以理解。和同年齡的男孩比起來，他也算是想法比較實際的人。若是有別的機會讓他聽到這種想法而當成一般論的話，或許他也會贊同。可是這並非一般論。那是他本身的問題。

我實在不明白，他說。我很愛妳，很想和妳結合在一起。這是非常清楚的，對我而言也是非常重要的事。即使其中包含了不切實際的部分，說實在的，我認為那並不是什麼大不了的問題。我是那麼喜歡妳。我愛妳。

她還是搖搖頭，直說沒有辦法啊。然後撫摸著他的頭髮。對於愛，我們究竟了解多少呢，她說。我們的愛尚未經過任何考驗啊。我們還沒有盡過責任啊。我們都還只是小孩子啊。你和我都是。

他什麼話也說不出來，只是覺得很悲哀。為無法突破禁錮著他的牆壁而感到悲哀。直到剛才，他都還認為那牆壁是為了保護他而存在的。可是現在，那卻阻礙了他的去路。他感到很無力。我已經什麼事都做不成了吧，他心想。我大概會就這樣下去，被這個堅固的框框困著，永遠無法從裡面離開而馬齒徒長吧。

結果，兩人直到高中畢業都一直維持著那樣的關係。在圖書館會合，一起念書，穿著衣服愛撫。對於兩人關係的不完整，她似乎一點也不在意。或許她還享受著那種不完整。周圍的人也都深信他們倆會毫無問題地度過青春期，Mr. Clean和Miss Clean。他繼續獨自懷抱著這怎麼也無法釐清的愁緒。

接下來在一九六七年春，他進了東京大學，她則進了神戶一所貴族女子大學。就女子大學而言，那所大學的確是一流的，但是以她的成績來說卻並非上上之選。只要她有那個意願，要進東大也不成問題。但是她卻根本沒有報考，她認為沒有那個必要。我並不特別想要念書呀，也並不打算進大藏省。我是女孩子啊，和你不一樣。你是要繼續往上爬的人，可是我打算在接下來這四年稍微輕鬆輕鬆。嗯，先休息一下。因為一旦結了婚，不就什麼都不能做了嗎？

這件事令他十分沮喪。他本來還想兩個人一起去東京，再重新建構兩人的關係。去東京念大學吧，他這麼說。但她還是搖頭。

他在大學一年級的暑假回到神戶，幾乎每天都和她約會（我和他就是那一年暑假在駕駛訓練班遇到的）。兩人坐著她開的車四處逛，並且像以前那樣愛撫。可是對於兩人之間有什麼東西開始發生了變化這件事，他卻沒有辦法不去注意。現實的空氣已無聲無息潛了進來。

並不是突然有什麼具體的變化，倒不如說是過於缺少變化。她說話的方式、穿著打扮、選擇話題的方式與觀點，這些幾乎都和以前相同。可是他卻覺得自己已經逐漸無法像以前一樣融入那個世界裡，好像有什麼東西不一樣了。感覺上那就像是振幅一邊縮小一邊在持續一點點逐漸縮小下去的反覆行為似的。那本身並不壞，只是無從掌握方向。

大概是我自己改變了吧，他心想。

他在東京的生活很孤獨，即使在大學裡也都沒有交到朋友。髒亂的街道滿是垃圾，食物糟透了。人們的談吐低俗。至少他這麼認為。因此他在東京的那段時間一直想著她。一到晚上，他就只窩在房間裡寫信。她也會（但次數要比他寄出的信少得多）回信，她把自己過著什麼樣的生活鉅細靡遺地寫下來。他一再反覆讀著那些信。如果她沒有寫信來，我的腦袋可能早就錯亂了吧，他曾這麼想。他開始抽菸、喝酒，甚至有時還會蹺課。

但是到了暑假，他迫不及待地回神戶一看，卻對許多事情感到失望。很不可思議的，只不過離開三個月而已，這裡的一切看起來卻彷彿都蒙上了一層灰，生氣盡失。和母親的談話無聊得要命。在東京時懷念不已的周遭風景，看起來也都無比破舊。神戶的市街畢竟只不過是個自我滿足的鄉下城市。他不喜歡和別人說話，就連去從小光顧到大的理髮廳都令他厭煩。甚至連以前每天帶狗去散步的海岸，也總覺得空蕩蕩的，放眼望去盡是垃圾。

和她的約會也無法提振他的精神。約會後一回到家，他總是一個人陷入沉思。到底是哪裡不對勁呢？他當然還愛著她，他的心意絲毫沒有改變。但光是那樣還不夠，非得想想辦法才行，他心想。所謂熱情，是在某個時期憑藉自己內在的力量去前進。可是那並不會永遠持續下去。如果不在這裡想想辦法，我們的關係總有一天會山窮水盡，那股熱情也會因為窒息而消失無蹤。

有一天，他再次試著提出一直被凍結的性問題。他決定那是最後一次。

「三個月來，我獨自待在東京，心裡一直想著妳。我真的很愛妳。不論相隔多遠，那都不會改變。可是一直相隔兩地，很多事都會變得令人不安。悲觀的想法也會日益膨脹，人在孤獨的時候是相當脆弱的。妳一定不知道吧，我從來沒有這麼孤獨過。而且那滋味非常不好受。所以，我希望我們之間能夠擁有明確的結合關係。即使分隔再遠，也能夠擁有緊緊結合為一體的那種信念。」

但是她仍然搖搖頭。然後嘆了口氣，吻了他一下。非常溫柔地。

「對不起。可是我不能把處子之身獻給你。這個是這個，那個是那個。只要是做得到的，我一定都為你做。但只有那個不行。如果真的喜歡我，就不要再提這件事了。求求你。」

可是他又再次提到了結婚。

「我們班上也有人訂婚了，雖然只有兩個。」她說。「不過她們的對象都已經在工作了喔。所謂的婚約就是那麼一回事，結婚是一種責任噢。要能夠自立，並且要照顧他人。要是不負起責任，就什麼也無法得到。

「我能夠負起責任。」他明確地表示。「我已經進了很好的大學。今後也會盡力去爭取好成績。那麼一來，不論是哪一家公司或是哪個政府機構都進得去。任何事都辦得到。妳中意哪個地方，我就用最好的成績進去。我什麼都辦得到喲，只要我想的話。問題到底在哪裡呢？」

她閉上眼睛，把頭靠在車子的椅背上，好一陣子都保持著沉默。「我好害怕喔。」她說。然後雙手掩面哭了起來。「我真的好害怕喔，我害怕得不得了。害怕人生，害怕活下去。害怕幾年之後必須踏入現實之中。為什麼你不明白這一點呢？為什麼你就不能體諒一下呢？為什麼要這樣折磨我呢？」他將她擁入懷中。「有我在就不必害怕了。」他說。「其實，我也真的很害怕。和妳一樣害怕。可是我認為，如果能和妳在一起，就可以毫不畏懼地走下去。只要我們同心協力，就什麼都不必怕了。」

她搖搖頭。「你還是不明白嘛。我是女生，和你不一樣啊。你根本就不懂嘛。」

接下來再說什麼都無濟於事。她一直在哭。等到停止哭泣後，她說出了令人匪夷所思的話。

「嗯，我是說如果喲……如果我們分手了，我還是會永遠記得你的，真的喲。絕對不會忘記。我真的很喜歡你。你是我第一個喜歡上的人，而且只要和你在一起，就覺得很快樂。這你應該知道的。只不過那個和這個是兩回事。如果你希望我對那一點做出什麼承諾的話，那我保證，我會和你上床。但是現在不行。等我和別人結婚以後，再和你上床。我向你保證，不會食言的。」

「那個時候，我完全搞不清楚她到底想說什麼。」他望著壁爐的火說道。服務生送來主菜，接著又為壁爐添加木柴。火花伴隨著聲音爆開來。隔壁桌的中年夫婦仔細地挑選甜點。「我覺得莫名其妙。這簡直就像是猜謎的提示一樣。回到家後想起她說的話，我再次試著仔細去思考，但怎麼也無法理解她的想法。你明白嗎？」

「也就是說，在婚前是處女，但結婚後就不必再保持處女之身，和你發生外遇也沒有關係，所以才要等到那個時候是吧？」

「大概是那個樣子吧，也只有那麼想了。」

「雖然是個獨特的想法，但也自成一番道理。」

他的嘴角露出了優雅的笑容。「正是如此，是自成一番道理。」

「以處子之身結婚，為人妻子後再紅杏出牆。就像以前的法國小說一樣。只是少了舞會和女僕。」

「那是她唯一所能想到的現實解決對策。」他說。

「真可憐。」我說。

他看著我的臉好一會兒。接著緩緩點點頭。「真的很可憐。確實如此。正如你所說的，你也完全了解嘛。」他再度點點頭。「如今我也這麼認為，因為我也年紀不小了。可是當時卻怎麼也想不通。我還只是個孩子，對於人心中各種微妙的起伏，我還無法完全理解。只是覺得很驚訝而已。老實說，我真的是非常震驚。」

「我完全可以體會。」我說。

接下來，我們暫時默默吃著蘑菇料理。

「不出所料，」一會兒之後他說，「我和她最後分手了，我們雙方都沒有提出分手的要求。這可以說是自然而然結束了。非常平和地，一定是我和她都覺得繼續維持這種關係太累了吧。在我看來，她的生活方式，怎麼說呢——感覺上不太誠實。不，不對，正確地說，我覺得她應該可以選擇更適當的生活方式。這令我覺得有些失望。處女啦，結婚啦，如果不要光去想這些事情，她的人生應該可以過得更好吧。」

「不過，我認為她只能這麼做。」我說。

他點點頭。「說的也是。我也這麼認為。」然後他切了厚厚的一塊蘑菇送入口中。「因為喪失了彈性。這一點我十分清楚。彈性疲乏了，我自己可能也是這樣。我們從小就被鞭策著，被逼著向前走、向前走。因此儘管能力只是馬馬虎虎，也只能依照要求向前走。但是那卻會影響自我的發展。於是有一天，就彈性疲乏了。就像是道德規範一樣吧。」

「你的情況不是這樣的吧？」我試著問。

「我認為自己應該算是跨過去了。」他想了一下後這麼說。然後放下刀叉，用餐巾擦擦嘴。「我和她分手之後，又在東京交了一個女朋友，是個不錯的女孩子喲。我們同居了一段時間。老實說，和她的關係並不像和藤澤嘉子在一起時那麼那麼讓我悸動。不過我仍然非常喜歡她。我們彼此了解，而且可以非常坦誠地交往。人到底是什麼樣的動物，而他們又具有什麼樣的美和什麼樣的缺點、我都可以從她那裡學到。而後我也交到了朋友，並開始關心政治。不過我的本性並沒有突然轉變。我一直是個想法很實際的人，現在大概依然如此。就好像我不會去寫小說，而你不會去進口家具。就是這麼回事。不過我在大學裡學到了，世界上有著各式各樣的現實性。這是個遼闊的世界，其中平行存在著各種不同的價值觀，沒有必要在各方面都是優等生。然後就踏入了社會。」

「而且成功了。」

「還好啦。」他說。接著有點不好意思似的嘆了一口氣。然後又用彷彿在看陰謀共犯的眼神看著我。「如果和同年齡的人比起來，我想我的收入的確是多得多。但實質上來說……」只說到這裡，他一時又陷入了沉默。

不過我知道他的話還沒有說完，便一言不發靜候下文。

「從那以後，我一直沒再見過藤澤嘉子。」他繼續說道，「一直喔。大學畢業後，我進入一家貿易公司，在那裡工作了差不多五年，也曾被派駐國外。每天都很忙。大約在大學畢業兩年之後，我聽到她結婚的消息。是母親告訴我的，我連男方是誰都沒問。聽到那個消息，我第一個想到的就是她結婚時是否真的還是處女。我首先是想著這件事，接著又覺得有些難過。到了第二天就更難過了。總覺得好像有很多事情都結束了，好像背後的那扇門被永遠關閉了。那也是當然的。因為我真的很喜歡她，又和她談了將近四年的戀愛。我，至少在我這一邊，甚至曾考慮到結婚。她佔去了我的青春期的絕大部分，會難過也是理所當然的。但我又覺得，只要能夠讓她幸福就好了。我真的是那麼想的。因為我總覺得有些替她擔心，她在某些方面非常脆弱。」

服務生收走我們的盤子，然後推來甜點的餐車。我們回絕了甜點，請他送咖啡來。

「我比較晚婚。三十二歲才結婚。所以接到藤澤嘉子的電話時，我還是單身。應該是二十八歲吧。算一算，已經是十多年前了。我辭掉了原來服務的公司，才剛開始創業。我請父親擔保貸了一筆資金，開了家小公司。我看準進口家具市場絕對有發展潛力，便一腳踏了進去。儘管如此，一開始各方面卻都沒有逐漸上軌道。交貨延誤、產品滯銷、倉儲費增加、貸款償還期限日漸逼近。老實說，當時我也累得有些失去了自信。或許那是我有生以來最慘的一段時期吧。就在那個時候，她來了電話，也不知道她是怎麼查到我的電話號碼的。但就在某一天晚上八點左右，我接到了電話。我一聽就認出那是藤澤嘉子的聲音，那是我忘不了的聲音，而且非常懷念呢。正當我最低潮的時候，能夠聽到昔日戀人的聲音實在太好了。」

他彷彿在回憶什麼似的，怔怔望著壁爐中的木柴。等到他回過神來時，餐廳已是高朋滿座了，店裡充滿了人們的談笑聲和餐具碰撞的聲音。來光顧的客人看來幾乎都是本地人，很多人都直呼服務生的名字。朱塞佩！保羅！

「不知道是向誰打聽的，她對我的事可說是瞭如指掌。像是我仍單身啦，一直被派駐海外啦，還有一年前辭職創業等。全部都知道。放心，你一定會做得很好的。要有自信喔，她對我說。你一定會成功的。沒有理由放棄啊。那令我十分高興。非常溫柔的聲音。我再度覺得自己辦得到。她的聲音為我喚回了自己曾經擁有的自信。我認為，只要是現實仍就是現實，我就絕對可以生存下去。因為那是為我而存在的世界啊。」他這麼說之後笑了笑。「接著我詢問她的近況。嫁給什麼樣的人，有沒有小孩，住在哪裡等等。她說還沒有小孩，先生大她四歲，在電台工作，是導播。那一定很忙囉。忙得很呢，連生小孩的時間沒有，她說。然後笑了笑。她住在東京。品川的高級公寓。我當時住在白金台。談不上在附近，但也不太遠。真是意想不到啊，我說。我們就這樣聊了起來。曾經是高中時代的情侶在這種狀況所會聊的事全部都聊到了。雖然有一點生疏，但真的很愉快噢。後來，我們已能像是分離已久，如今各自發展的懷念老友一樣談話了。我已經很久沒能夠這麼坦然地說話了。聊了相當久喔。然後在彼此該說的話全都說完後，沉默就降臨了。該怎麼形容呢……是種濃得化不開的沉默。一閉上眼睛，各種事物的影像彷彿就會清晰地浮現出來那樣的沉默。」他看了一會兒自己放在桌上的手。然後抬起頭來看著我的眼睛。「就我來說，如果可能的話，我想在此掛斷電話。謝謝妳打電話給我，和妳聊天真的很愉快，以這樣的方式。你應該明白吧。」

「從現實的觀點來看，那樣應該是最實際的吧。」我表示同意。

「可是她卻沒有掛斷電話。然後又邀我去她家，問我現在要不要過去玩。她說先生出差去了，一個人很無聊。我不知道該說什麼，只好保持沉默。她也沉默下來，沉默暫時持續著。接著她又這麼說：我仍然牢記著以前對你的承諾喲。」

我仍然牢記著以前對你的承諾喲，她說。他一時之間不明白那是什麼意思。然後才突然想起，她曾經說自己結婚後和他上床也沒關係的事。他記得的確有那麼回事，但是他從未把那當成承諾。他認為，她之所以會說出那種話，是因為當時她的頭腦一片混亂。由於混亂而分不清事理，才會說出那種話來。

然而她當時十分清醒。對她來說，那是個承諾，是個明確的誓約。

他頓時迷失了分辨事情的方向。究竟怎麼做才是最正確的，他已經弄不清楚了。他茫然四顧，可是到處都看不到那個框框。已經沒有什麼可以引導他了，他當然很想和她上床，那自然不在話下。自從和她分手之後，他也曾多次想像和她上床的情景。即使在交往的時期，他也曾多次在黑暗中想像這種事。仔細一想，他甚至連她的裸體都沒見過。他對於她的肉體的認識，只限於把手探進衣服裡時手指的觸感而已。她甚至連內衣都沒脫，只讓指頭伸進裡面。

不過他也明白，在目前這個階段和她上床，是多麼危險的一件事。那或許會成為造成種種傷害的起因。而且他不希望自己小心棄置在過去黑暗之中的東西，又在此被擾動。那對我來說是不合適的行為，他覺得。那裡面很明顯地摻雜著什麼非現實的因素，而那和他不合。

不過他當然並沒有拒絕。為什麼要拒絕呢？那是個永遠的童話。

那恐怕是一生中僅有一次的美麗神話。那位伴隨他一起度過最容易受傷的時期的美麗女友對他說：我想和你上床，現在就來我家。她就住在附近。而且那是個在遙遠的過去，在森林深處悄悄許下的傳說般的承諾。

他一時之間什麼也沒說，靜靜閉上了眼睛。他覺得自己無法言語。

「喂喂。」她說，「某某君，你還在嗎？」

「還在啊。」他說。「好吧。我現在就過去，大概三十分鐘之內會到。請告訴我妳家的地址。」他把大廈的名稱、門牌和電話號碼記下來。然後匆匆刮了鬍子，換好衣服，攔了輛計程車前去。

「如果是你會怎麼做？」他問我。

我搖搖頭。這麼困難的問題實在很難回答。

他笑了笑凝視著桌上的咖啡杯。「我也希望可以不必回答。可是卻不能那樣。我必須當場作決定。去，還是不去。要選擇一個，沒有中間選項。於是我到了她家。我敲敲她家的門。我心裡想，如果她不在那裡該有多好啊。但是她在那裡。她和以前一樣美麗，和以前一樣有魅力，而且散發出和以前一樣的香味。我們倆喝著酒，聊著往事。還聽了老唱片。你猜後來怎麼了？」

我根本猜不出來。猜不到，我說。

「很久以前，在我小時候曾看過一個童話。」他靜靜望著遠處的牆壁說。「內容是什麼我已經忘了，只有最後一段卻還記得很清楚。因為我還是第一次看到結束方式那麼奇怪的童話。那個結局是這樣的：『當一切事情都結束之後，國王和大臣們都捧腹大笑。』你不覺得這種結束方式有些奇怪嗎？」

「是啊。」我說。

「雖然我想要回憶出故事的情節，卻怎麼也想不起來。只記得那不可思議的最後一段。『當一切事情結束之後，國王和大臣們都捧腹大笑。』也不知情節到底是怎麼樣。」

這時我們的咖啡喝完了。

「我們互相擁抱。」他說，「可是並沒有做愛。我沒有脫掉她的衣服。我和以前一樣，只用手指。我認為那樣最好，而她似乎也認為那樣最好。我們什麼話也沒有說，就這麼愛撫了很長一段時間。我們所應該理解的事，是屬於只有那麼做才能夠互相理解的種類。當然，如果是以前的話，我認為就不是這樣了。我想，我們會非常自然地透過性愛，讓彼此更為了解。或許我們可以藉此而更加幸福也不一定。

不過，那已經結束了。那已經被封印，被凍結了。再也沒有人能夠撕掉那個封印了。」

他把空咖啡杯放在碟子上轉來轉去。他持續著那個動作相當久，以致連服務生都過來看看情況。但他終於將杯子放好。然後招來服務生，又點了一杯Espresso。

「我在她那裡停留的時間，總共一個小時左右。我記不太清楚，不過大概是那麼久。差不多是那種程度。如果繼續留在那裡，我覺得自己也許會變得神志不清呢。」他這麼說之後露出微笑。「然後我對她說聲再見就離開了。她也對我說再見，而那真的是最後的再見了。我明白那一點，她也明白。我最後看她時，她雙手抱在胸前，站在門口。她似乎想說什麼，但什麼也沒有說。她想說些什麼，我不問也知道。我覺得非常……非常空虛。好像一個空洞。周遭的聲音奇怪地響著。各種東西的模樣都歪歪扭扭的。我在那一帶漫無目的地走著。我覺得，自己以往的歲月彷彿像是毫無意義的消耗。我好想立刻折回她家，不顧一切把她緊緊抱住。可是那種事我做不到。根本做不到。」

他閉上眼睛搖搖頭。然後喝了口送來的第二杯Espresso。

「這種事說來很難為情，我後來就上街去買春。買春這種事可是我生平第一次。而且我想那或許也是最後一次了吧。」

我望著自己的咖啡杯好一會兒。然後想了一想，自己曾經是個多麼傲慢的人。我很想把這一點告訴他，但似乎無法表達清楚。「試著像這樣把話說出來，好像就可以當成是發生在別人身上的事情似的。」他說著笑了笑。然後若有所思地沉默下來。我也默默不語。

「當一切事情結束之後，國王和大臣們都捧腹大笑。」他終於又說道，「每次我想起當時的事情，都會聯想到這一段文章，就像是條件反射一樣。我認為，在深深的悲哀中總是包含著些許的滑稽。」

我認為，正如一開始曾經提過的，這個故事中並沒有足以稱為教訓的東西。不過，這是發生在他身上的事，也是發生在我們大家身上的事。因此我聽了那個故事卻無法大笑，直到今天依然如此。

加納クレタ

加納克里特

我的名字是加納克里特，在幫姊姊加納馬爾他做事。

當然，我的本名並不是加納克里特。這是當姊姊助手時的名字，也就是工作上的名字。不工作的時候，我都是使用加納多紀這個本名。我之所以取名為克里特，是因為姊姊取了馬爾他這個名字。

我還不曾去過克里特島。

我有時會拿地圖來看。克里特是希臘一個靠近非洲的島，形狀好像一根狗啃過的肉骨頭，呈粗糙的細長形。島上有著名的古蹟克諾索斯（Knossos）宮殿，是年輕的英雄通過迷宮拯救女王的故事。如果有機會前往克里特島，我一定要去那裡看看。

我的工作是幫姊姊聆聽水的聲音。我的姊姊以聆聽水的聲音為業。聽出浸漬著人體的水的聲音。不用說，這並不是任何人都能勝任的。不但必須具備天分，還得經過訓練。在日本大概只有姊姊才會。

姊姊是很久以前在馬爾他島學會的。姊姊修行的地方，連艾倫·金斯堡（Allen Ginsberg）和基斯·理查茲（Keith Richards）都去過。馬爾他島上就是有那麼特殊的地方。在那個地方，水具有非常重要的意義。姊姊在那裡修行了好幾年。然後她回到日本，以加納馬爾他為名，開始從事聆聽人體內水聲的工作。

我們在山裡租了一棟老房子，兩個人一同生活。房子也有地下室，姊姊將日本各地運來的各種水集中存放在那裡。裝在一排排陶製水甕裡。水也和酒一樣，保存在地下室裡最為合適。我的任務是小心保管那些水。一有髒東西浮在上面就要立刻清除，冬天時得注意避免結冰，夏天則必須提防滋生蟲子。這種工作並不困難，也花不了多少時間。因此我每天大部分的時間都用來繪製建築圖。如果姊姊有客人來訪，我也得負責端茶水。

姊姊每天都將耳朵貼在地下室的水甕上，逐一傾聽其中發出的細微聲音。每天大約兩到三個小時。對姊姊來說，那是耳朵的訓練。每一種水都會各自發出不同的聲音。姊姊也要我去聽。我閉上眼睛，把全副精神都集中在耳朵上，可是卻根本聽不到聲音。也許我沒有像姊姊那樣的天分。

姊姊說：先來聽聽水甕裡水的聲音，這麼一來，就逐漸可以聽到人體中水的聲音了。我也努力豎起耳朵去聽，可是什麼也聽不到。我彷彿可以聽見一點點，感覺就像是在非常遙遠的地方有什麼在動似的。聽起來好像是小蟲拍動了兩、三次翅膀的聲音。與其說聽得見，倒不如說是空氣微微震動了一下那種程度，不過瞬間就消失了。好像在捉迷藏一樣。

我聽不到那種聲音，讓馬爾他覺得很遺憾。「像妳這樣的人，一定要能夠仔細聽取身體內水的聲音才行。」馬爾他說。因為我是一個有問題的女人。「只要妳能聽到就好了。」馬爾他說，然後又搖搖頭。「如果妳聽得到那聲音的話，問題就等於是解決了。」馬爾他說。姊姊是打從心底在為我擔心。

我的確是有問題，而且我怎麼也無法克服那個問題。每個男人只要一見到我，都會想強暴我。無論是誰，只要一見到我，就會把我推倒在地上，然後把褲腰帶解開。也不明白是為什麼，但是從來是這樣。從我懂事以來就一直如此。

我認為自己的確是個美女。身材也很棒。胸部豐滿，腰又很細。照鏡子時，我自己都覺得十分性感。走在街上，每個男人都會目瞪口呆看著我。「不過，並非世界上的美女一個個都會被強暴吧？」馬爾他說。我也覺得的確是如此，有這種遭遇的只有我而已。也許我自己也有責任吧。男人之所以會有那種念頭，或許是因為我表現得很害怕。所以每個人一看到我那種模樣就會產生衝動，忍不住想要侵犯也說不定。

因此，到目前為止，我幾乎被各種類型的男人強暴過，被蠻橫而暴力地蹂躪。從學校老師到同學、家教老師、舅舅、瓦斯收費員，還有到隔壁滅火的消防隊員。想盡各種辦法去躲避都沒有用。我被刀子割傷過、臉被打過、脖子被水管勒過，像這樣被非常暴力的手段凌辱。

所以我很久以前就不再出門了。如果那種情況再繼續下去，我總有一天會送命。我跟著姊姊馬爾他隱居在遠離人群的山裡，照顧地下室的水甕。

不過，我曾經殺死一個意圖侵犯我的人。不，正確地說，殺人的是姊姊。那個男人也想要強暴我，就在這個地下室。那個男人是一名警官，為了調查某件案子來到我家。但是門一打開，他立刻變得像是迫不及待似的，當場就把我推倒。然後唰唰撕破我的衣服，並且把自己的長褲褪到膝蓋。他的佩槍發出了喀啦喀啦的聲音。我驚恐地說：一切都聽你的，請不要殺我。警官揍了我的臉。但就在那個時候，姊姊馬爾他正好回來。她聽到奇怪的聲音，就一手拿了根大鐵撬過來，狠狠地往警官的後腦打下去。只聽到像是有東西凹下去似的一聲悶響，警官昏了過去，然後姊姊便去廚房拿了把菜刀來，像剖開鮪魚肚子般割斷了警官的喉嚨。連咻的一聲都沒有聽到，喉嚨就被割斷了。姊姊非常擅長磨菜刀，姊姊所磨的菜刀總是鋒利得令人難以置信。我張口結舌看著這一切。

「為什麼要這麼做呢？為什麼要把喉嚨割斷呢？」我問。

「還是割斷比較好，以絕後患。畢竟對方是一名警官嘛。而且這樣他就無法作祟了。」馬爾他說。姊姊處理事情的方法非常實際。

流出了相當多的血。姊姊將那些血裝進一個水甕裡。「最好將血全部放光。」馬爾他說，「放光之後才能永絕後患。」我們一直抓著警官穿著靴子的雙腿讓他腦袋朝下，好讓血全部流出來。由於他是個魁梧的男子，抓著雙腿把他提著實在是重得不得了。要不是馬爾他力氣很大，應該是難以辦到吧。馬爾他的體格就像樵夫一樣壯，而且力氣又大。「男人之所以會攻擊妳，原因並不在於妳。」馬爾他緊抓著腿說，「而是在於妳身體裡的水。妳的身體和那些水不合。因此每個人都會被那些水吸引過來。每個人都會產生衝動。」

「那要怎麼樣才能夠把那些水逼出體外呢？」我問。「我沒有辦法一直像這樣避開人群偷偷摸摸活下去。我不要這樣過一輩子。」我真的很想到外面的世界生活。我擁有一級建築師的資格，我是靠函授課程取得這項資格的。在取得資格後，我曾經參加過多次競圖，也得過好幾個獎。我的專長是設計火力發電廠。

「這是急不得的喲，要側耳傾聽。這樣就會漸漸聽到答案了。」馬爾他說。然後她抖了抖警官的腿，直到最後一滴血也滴進水甕裡。

「可是我們殺了一名警官耶。到底該怎麼辦才好呢？要是事跡敗露可就糟了。」我說。殺害警官可是重罪，很可能會被判死刑。

「埋到後面去吧。」馬爾他說。

於是我們便將喉嚨被割斷的警官埋在後院。手槍、手銬、資料夾和靴子也都一起埋了進去。挖坑、搬運屍體、回填等工作全都由馬爾他一手包辦。馬爾他一面模仿米克·傑格（Mick Jagger）的聲音唱著《Goin' To A Go Go》一面進行善後作業。埋好後，我們兩人將土踏實，然後將枯葉撒在上面。

當然，當地警方展開了徹底的調查，以地毯式的搜索來尋找失蹤的警官。也有刑警找上門來，問了許多問題。可是都沒有發現任何線索。「別擔心，不會被發現的。」馬爾他說，「不但喉嚨割斷了，血也放乾了。坑也挖得相當深。」因此我們才鬆了一口氣。

可是接下來的那個星期，被殺警官的鬼魂卻開始在屋裡出現。警官的鬼魂在地下室走來走去，長褲仍然褪在膝蓋處。佩槍發出喀啦喀啦的聲音。儘管他的模樣看起來很不像話，但不管是什麼模樣，鬼魂就是鬼魂。

「太奇怪了。明明已經割斷喉嚨不會作祟才對。」馬爾他說。剛開始的時候，我很怕這個鬼魂。因為這個警官是被我們殺死的。所以我睡覺時都還渾身發抖，鑽進姊姊的被窩裡。「不必害怕啦，他什麼事也做不了。畢竟他的喉已經被割斷，血也被放乾。連陰莖都無法勃起了。」馬爾他說。

於是我也逐漸習慣了鬼魂的存在。警官的鬼魂只是帶著那被割斷後一開一合的喉嚨走來走去，其他什麼事也沒有做。只是走著而已。看久了之後也就習以為常，也不再意圖侵犯我。他不但沒有了血，連侵犯我的力氣也沒有了。即使想說些什麼，空氣也會咻咻地從破洞漏掉，根本說不出話來。確實如姊姊所說的一樣，割斷才能杜絕後患。我經常故意赤身裸體，扭動著身軀，試著去挑逗那個警官的鬼魂。也會把雙腿張開，還試著做出猥褻的動作。猥褻到我都無法想像自己會做出那麼淫蕩、非常猥褻的動作。相當大膽。可是鬼魂卻似乎已經完全沒有了感覺。

這讓我非常有自信。

我再也不會感到恐懼了。

「我再也不會感到恐懼。我再也不怕任何人，不會再讓別人有機可乘了。」我對馬爾他說。

「也許吧。」馬爾他說，「不過，妳還是非得聆聽自己身體裡的水聲不可。因為那是非常重要的一件事。」

有一天來了一通電話。對方表示將要興建一座新的火力發電廠，問我是否願意嘗試設計的工作。這令我心動不已。我在腦海裡試著勾勒出好幾張新發電廠的設計圖。我想要到外面的世界去，建造出許許多多火力發電廠。

「不過，妳到外面去，說不定又會遭到毒手啊。」馬爾他說。

「可是我想試試看哪。」我說。「從頭開始再試一次看看。這次應該會很順利的。因為我已經不再害怕，不會再讓人有機可乘了。」

馬爾他搖搖頭說：真拿妳沒辦法啊。

「妳還是一切都要小心喲。千萬不能粗心大意。」馬爾他說。

我來到外面的世界，然後設計出好幾座火力發電廠。我轉眼之間便成為這個業界的第一人。因為我有才華。我所設計的火力發電廠都是由我所獨創，堅固可靠，而且是零故障。連在廠裡工作的人也都給予極高的評價。每當有人打算興建火力發電廠時，都一定會來找我談。我很快便成了富婆。我在市區的黃金地段買了一整棟大樓，住在最頂層。我加裝了所有能裝的保全設備，用電子鎖封鎖整層樓，還雇用了一名像大猩猩的同性戀警衛。

如此這般，我每天都過著優雅而幸福的生活。直到這個男人出現為止。

一個非常魁梧的男人，有著一雙彷彿在燃燒的綠色眼睛。他通過了所有的保全設備，破壞了電子鎖，打倒警衛，然後踢破我的房門。雖然我毫不畏懼地站在他面前，卻完全不放在眼裡。他唰唰撕破我的衣服，然後把長褲褪到膝蓋。在霸王硬上弓之後，他用刀割斷了我的喉嚨。一把非常鋒利的刀。簡直就像是在切軟化的奶油一般，一刀就割斷了我的喉嚨。由於實在是過於滑順，我甚至不太能感覺到自己被劃了一刀。黑暗降臨。黑暗中，警官在走著。雖然他想說什麼，但由於喉嚨被割斷，只有空氣發出了咻咻的聲音而已。接著我便聽到了浸漬著自己身體的水的聲音。沒錯，我真的聽到了。雖然聲音很小，但確實是聽到了。我沉入自己的身體之中，把耳朵輕輕貼在那壁上，傾聽那微弱的水滴聲。咧囉噗·咧囉噗·咧囉噗·哩囉噗。

咧囉噗·咧囉噗·哩囉噗。

我的·名字是·加納克里特。

ゾンビ

殭屍

一男一女走在路上，一條經過墳場旁邊的路。在夜半時分，甚至還起了霧。他們並不願意三更半夜走在這種地方。但由於種種原因，非得從這裡經過不可。兩個人緊緊手牽著手，快步走著。

「簡直就像是麥可．傑克森（Michael Jackson）的音樂錄影帶一樣。」女人說。

「嗯，墓碑要動了。」男子說。

這時，某處傳來嘰咿咿有如重物在移動的輾軋聲。兩人不由得停下腳步面面相覷。

男人笑了出來。「沒事啦，別那麼神經質。不過是樹枝摩擦發出的聲響。大概是風吹還是什麼的。」

可是並沒有風。女子屏息環視四周，非常不舒服的感覺油然而生。有種邪惡的事即將發生的預感。

是殭屍。

可是什麼也沒有看到，也沒有死人復活的跡象。兩人又繼續往前走。

感覺上男人奇怪地繃著臉。

「妳走路的樣子怎麼那麼難看啊！」男人唐突地說。

「我？」女人驚訝地說，「我走路的樣子真的那麼難看嗎？」

「難看死了。」男人說。

「是嗎？」

「O型腿嘛。」

女人咬著嘴唇。或許確實有一點這種傾向，鞋底有一邊磨損得比較厲害。可是也不至於嚴重到要當面把這種事提出來的程度。

不過她什麼也沒有說。她愛這男人，這男人也愛她，兩人準備在下月結婚。沒有必要做無謂的爭吵，也許我真的有一點O型腿。那也沒什麼關係。

「我還是第一次和O型腿的女人交往。」

「哦？」女人露出僵硬的笑容說。難道這個人喝醉了嗎？不，他今天應該是滴酒未沾才對。

「還有，妳的耳朵裡有三顆黑痣。」男人說。

「有嗎？」女人說。「哪一邊？」

「右邊啦。就在右耳裡面一點的地方，有三顆黑痣。非常俗氣的黑痣。」

「你討厭黑痣嗎？」

「俗氣的痣當然討厭，這個世上會有哪個傢伙喜歡那種東西？」

她把嘴唇咬得更緊了。

「而且妳經常會有狐臭。」男人又繼續下去。「我一直都很在意。如果是在夏天認識的話，我就不會和妳交往了。」她嘆了一口氣，然後把手抽開。

「喂，等一等！哪有人這樣說話的？太過分了吧！你以前根本沒那麼……」

「襯衫的領子也髒了。那可是今天才換上的吧。怎麼那麼邋遢啊。為什麼連一件小事都做不好呢？」

女人悶不吭聲。她已經氣得說不出話來了。

「告訴妳，我還有滿肚子的牢騷呢。O型腿、狐臭、領子的汙垢、耳朵的黑痣，這都還只是一小部分。對了，為什麼戴這麼不相稱的耳環啊？那豈不是像妓女一樣了嘛。不，妓女都還有氣質多了。如果要戴那種東西，乾脆掛個鼻環好了。那和妳的雙下巴挺相配的喲。」

嗯，說到雙下巴，我又想到了。妳老媽呀，根本是一隻豬。一隻咿喔叫的豬，那就是妳二十年後的模樣。妳們吃東西的那副饞相可真是有其母必有其女啊。豬嘛。還真是狼吞虎嚥的。還有，妳老爸也很差勁。不是連漢字也不會寫嗎？最近他寫了一封信給我父母，成了大家的笑柄，居然連字都不會寫。那傢伙是不是連小學都沒有畢業啊？差勁的家庭，文化上的貧民窟。那種東西還是澆上汽油一把火燒掉比較好。光靠脂肪就能滋滋燃燒了，一定的。」

「喂！既然你那麼討厭我，為什麼還要和我結婚呢？」

男人對此事並不作回應。「豬啊！」他說，「還有妳那個地方。那真的是太可怕了。我不得已去嘗試過，根本就像是彈性疲乏的廉價橡皮一樣。要我長了一副那樣的東西，我就去死。如果我是女人，要是長了那樣的東西，真的會羞愧得去自殺。什麼樣的死法都好，反正就是要盡快死去。根本沒有臉再活下去了。」

女人茫然地站在那裡。「你竟然……」

這時，男人突然抱住頭。然後似乎十分痛苦地五官扭曲，當場蹲了下去。他用指甲亂抓著太陽穴。「好痛！」男人說，「腦袋好像快要裂開了。我受不了了！好難受。」

「你還好吧？」女人問。

「怎麼會還好！我受不了了！皮膚好像被火燒到一樣，都要翻起來了。」

女人用手摸摸男人的臉。男人的臉有如火燒般滾燙。她試著在上面搓了一下。結果皮膚就像剝除薄膜般整塊脫落，露出裡面濕黏的血肉。她倒抽了一口氣，連忙向後跳開。

男人站了起來，然後發出怪笑。他自己用手把臉上的皮膚一塊塊剝掉，眼球黏糊糊地往下垂，鼻子只剩下兩個黑洞，嘴唇不見了，牙齒露在外面。然後咧開嘴笑了。

「老子和妳在一起，是為了吃妳那像肥豬一樣的肉。否則和妳交往還會有什麼居心呢？居然連這個都不知道。妳是白癡嗎？妳是白癡嗎？妳是白癡嗎？嘿嘿嘿嘿嘿嘿。」

接著那個剝了皮的肉塊就從她身後追了過來，她不停地跑。不過並沒有辦法擺脫背後那個肉塊。在墳場的一端，那濕黏的手抓住了她襯衫的領子。她不禁尖叫。

男人抱著她的身體。

她覺得口乾舌燥。男人微笑看著她。

「怎麼了？做惡夢了嗎？」

她坐直身子環視四周。兩人正躺在湖畔飯店的床上。她搖搖頭。

「我有大叫嗎？」

「好大聲呢。」他笑著說，「非常淒厲的尖叫。飯店裡的人可能都聽到了吧。希望不要被誤以為發生命案才好。」

「對不起。」她說。

「沒關係啦。」男人說，「做了可怕的夢嗎？」

「一個可怕到無法想像的夢。」

「可以說給我聽嗎？」

「我不想說。」她說。

「還是說出來比較好喲。如果說給別人聽，那餘波就會散去了。」

「不要緊。我現在不想說。」

兩人一時間沉默下來。她被男人抱在赤裸的胸前，遠處傳來蛙鳴。男人的胸膛緩慢而確實地起伏著。

「喂。」女人突然想到了。「我想問你一件事。」

「什麼事？」

「我的耳朵上該不會有黑痣吧？」

「黑痣？」男人說，「妳說的，該不會，是指右耳裡面那三顆很俗氣的黑痣吧？」

她閉上了眼睛。因為仍持續著。

眠り

睡

1

已經是第十七天無法成眠了。

我說的並不是失眠症，若是失眠症我還略知一二。念大學時，我曾經一度發生類似失眠症的情況。之所以解釋為「類似的情況」，是因為我並不確定那種症狀是否符合一般人所說的失眠症。如果去一趟醫院，應該就可以弄清楚那是不是失眠症。不過我並沒有去，因為我認為去醫院大概也沒什麼用。這種想法並沒有什麼根據，只是直覺上這麼認為而已，認為去了大概也沒有用。所以我既沒有去看醫生，也一直對家人和朋友三緘其口。因為我知道，如果說了，他們一定會要我上醫院。

那「類似失眠症的情況」持續了大約一個月。在那一個月裡，我沒有一天能夠正常入睡。到了夜裡躺在床上，心想睡覺吧。就在這麼想的時候，簡直就像條件反射似的清醒起來。不管怎麼努力，想睡都睡不著。越是想要睡著，反而就越清醒。即使嘗試了酒和安眠藥，都完全沒有效果。

快要天亮時好不容易才可以感覺到有些迷迷糊糊的。不過那種程度的睡眠並不能算是睡眠。我僅僅感覺到指尖好像沾到了一點睡眠的邊緣，而且我的意識是清醒的。我隱隱約約打了個盹。但是在隔著一道薄牆的隔壁房間裡，意識清楚地醒著，靜靜守候著我。我的肉體搖搖晃晃地在微明中徘徊，並且始終感覺到我自己意識的視線和氣息就在旁邊。我是想要入睡的肉體，同時也是想保持清醒的意識。

那種不完全的瞌寐狀況會斷斷續續持續一整天，我的腦袋總是矇矓恍惚。我無法正確判斷事物的正確距離、質量和觸感。而且睡意每隔一定的時間就會像波浪一樣湧來。在電車的座位上，教室的課桌上，或晚餐的椅子上，我都會不知不覺打起盹來，意識忽然就離開了我的身體。世界無聲地搖晃著。我會把各種東西弄掉在地上。鉛筆啦、皮包啦、叉子啦，掉在地上發出聲響。我很想就這樣當場趴下去好好睡一覺。但是不行，清醒總是在我身旁。我始終感覺得到那冷冷的影子，那是我自己的影子。真奇怪，我在寤寐中這麼想。我處在我自己的影子裡。我在寤寐中走路，在寤寐中吃飯，在寤寐中與別人交談。但很不可思議的，周圍似乎沒有人發現我正處於那種極端的狀態裡。那一個月裡，我瘦了有六公斤。儘管如此，家人和朋友卻沒有一個人發覺。我一直是生活在睡夢中。

沒錯，我正如字面所示，是生活在睡夢中。我的身體就像溺死者般失去了感覺。對什麼都遲鈍、不清楚。連自己生存在這個世界上的這種狀況，都覺得有如不確實的幻覺。如果有一陣強風吹來，我覺得我的肉體大概會被吹到世界的盡頭去吧。吹到位於世界的盡頭，一塊從不曾見過不曾聽過的土地上。於是我的肉體將和我的意識永遠分離，因此我想緊緊抓住什麼。但是不論在四下如何搜尋，都找不到任何可以緊緊抓住的東西。

然而一到晚上，強烈的清醒就來臨了。面對那清醒，我完全無能為力。我被強大的力量牢牢固定在清醒的核心。由於那力量實在太強了，我唯一能夠做的，就是在清醒中等待黎明到來。我在夜晚的黑暗中一直醒著。甚至幾乎無法思考。我一面聽著時鐘計時的聲音，一面靜靜看著夜色越來越深，後又逐漸淡去的變化。

可是有一天，那情況結束了。沒有任何預兆，也沒有任何外在的因素，非常突兀地結束了。我在早餐的餐桌上突然像要昏厥似的感覺到睡意。我一言不發從椅子上站起來。似乎有什麼東西從桌上掉落好像有人說了什麼。但是我什麼也不記得了。我搖搖晃晃走回自己的房間，衣服也沒換便往床上一倒，就那麼睡著了。接著連續昏睡了二十七個小時。母親很擔心，過來搖了我好多次，甚至還拍打我的臉頰。但我並沒有起來。二十七個小時，我動也不動地沉睡著。當我醒過來時，我已經恢復成原來的我了。大概吧。

是什麼原因造成失眠，又是什麼原因突然痊癒，我並不清楚。那就像是被風從遠方吹過來的厚重烏雲。那烏雲之中，塞滿了我所不知道的不祥之物。那到底是從何而來，又往何處去了，沒有人知道。但總之它來了，籠罩在我的頭上，然後又離開了。

不過，我現在的無法成眠，和那又截然不同。從頭到尾都不相同，我只是單純地睡不著。睡一覺都辦不到。不過除了睡不著這個事實之外，我是處於極度正常的狀態。完全不睏，意識一直非常清楚，甚至可以說比平常更清楚。身體也沒有任何異狀。食慾正常，也不覺得疲倦。從現實的觀點來說，其中沒有任何問題。只是睡不著而已。

丈夫和孩子絲毫沒有發覺我完全沒有睡覺的事。我也什麼都沒說。如果說出來，很可能會要我去醫院。而且我自己知道，上醫院也沒有用。所以我什麼也沒說。這和過去失眠的時候一樣。我只知道，這是我必須獨自處理的那種事情。

所以他們什麼也不知道。表面上，我過著與平常沒有兩樣的生活。非常平穩，非常規律。我早上把丈夫和孩子送出門，然後就和往常一樣開車去購物。丈夫是牙醫，在距我們住的大廈約十分鐘車程的地方開了一間診所，也和念牙科大學時的朋友共同經營那家診所。這樣一來，兩個人就可以共同分擔雇用技術士和掛號小姐。如果有一方的預約滿了，也可以由另一個人支援看診。丈夫和他的朋友醫術都不錯，在幾乎沒有任何門路背景的情況下，雖然在那裡開業還不到五年，診所的生意就相當興隆了。甚至可以說是忙得不可開交。

「我倒希望能夠輕鬆一點呢。不過嘛，也沒辦法抱怨。」丈夫說。

是啊，我說。沒辦法抱怨。這倒是真的。為了開診所，我們不得不向銀行借了超出預算的貸款。牙科診所，在設備上必須要有高額的投資，而且競爭極為激烈，並不是診所一開，第二天就會有病患湧上門來。因為無人求診而關門大吉的牙科診所也比比皆是。

診所剛開張的時候，我們都還年輕而經濟拮据，孩子仍在襁褓中。我們是否能夠在這殘酷的世界生存下去，誰也不知道。但是經過五年的工夫，我們好歹是熬過來了。沒辦法抱怨，因為貸款還有將近三分之二要還。

「大概是因為你長得帥，病患才會蜂擁而來吧。」我說。這是經常開的玩笑。之所以會這麼說，是因為他一點也不帥。說起來，丈夫的長相其實有點不可思議。現在我還經常這麼認為。為什麼我會嫁給一個長得這麼不可思議的人呢？我以前還有更英俊的男朋友啊。

他長相的不可思議，我不太能夠用言語來形容。當然是不英俊，但也不能說是醜男，也不能算是那種有味道的臉。老實說，只能用「不可思議」來表現。或許用「沒有重點」來形容會更貼切也不一定。不只是這樣。最重要的一點，我認為是有某種因素造成他的臉難以描述。只要能夠掌握那個因素，或許就能夠理解那「不可思議」的全貌了吧。不過我仍然無從掌握。有一次我曾經為了某種需要，嘗試去描繪他的臉。但是我畫不出來，拿著鉛筆面對紙張時，我完全想不起來丈夫長得什麼模樣。我因而有些驚訝。一起生活了這麼久，我竟然會連丈夫的長相都想不起來。當然看到就認得出來，也會浮現在腦海。可是一旦要畫下來，我才明白自己什麼也不記得。簡直就像撞到一堵看不見的牆壁一樣，令我不知所措。只記得是一張不可思議的臉而已。

這件事經常讓我感到不安。

不過，世間大多數的人都會對他產生好感。不用說，這對於像他這一行的人而言是非常重要的。即使不當牙醫，他在大多數的行業中想必也都能成功吧。很多人只要和他面對面談過話，就會不知不覺有安心的感覺。在認識他之前，我從來沒有碰到過這種類型的人。我的女性友人也都對他很有好感，當然我也喜歡他。我也覺得自己愛他。但若要正確來形容的話，我並不特別「滿意」。

但總之，他像小孩子一樣，可以很自然地咧開嘴笑。一般的成年男子是沒辦法這樣笑的。而且這或許是理所當然的，他有一口非常漂亮的牙齒。

「長得帥又不是我的錯。」丈夫說著露出微笑。每次都這樣重複著，這是個只適用於我們之間的無聊玩笑。不過，我們可以說是藉著這玩笑的互動，來確認一個事實。那就是我們總算都這麼熬過來了這個事實。而那對我們而言是相當重要的儀式。

他早上八點十五分開著Blue Bird離開大廈的停車場。孩子在旁邊，孩子的小學就在前往診所的路上。「小心噢。」我說。「沒問題」他說。每次都重複著同樣的對白。可是我不能不這麼開口：小心噢；而丈夫也不能不這麼回答：沒問題。他把海頓或莫札特的錄音帶插進汽車音響裡，邊哼著旋律邊發動引擎。然後兩個人揮揮手出發了。兩個人揮手的方式非常神似。頭往一樣的角度傾斜，手掌同樣朝向我，輕輕左右搖動。簡直就像是經人編舞訓練過一樣。

我擁有一輛自己專用的中古HONDA City。兩年前，一個女性友人以幾乎免費的價格讓給我的。不但保險桿凹陷，車型也老舊，許多地方都生鏽了。已經跑了大約十五萬公里。有時候，每個月大概會一、兩次，引擎很不容易發動。不管鑰匙怎麼轉，引擎就是無法發動。不過還不到特地送進修車廠的地步。只要花個十分鐘哄一下，引擎就會發出噗嚕一聲悅耳的聲音開始運轉。這也是沒辦法的啊。不管是什麼，不管是誰，一個月總會有一、兩次狀況欠佳，或是諸事不順的情況。世界就是這樣。丈夫稱呼我的車為「妳的驢子」，但不管怎麼說，那都是我自己的車。

我開著這輛City去超級市場購物。買好東西就回家掃地洗衣、準備午餐。上午盡量讓身體不停勞動。晚餐的材料也盡可能先處理好。這麼一來，整個下午就都成了自己的時間了。

丈夫在十二點多會回來吃飯。他不喜歡在外面用餐。「外面不但擠，東西又難吃，衣服還會沾上菸味。」他說。即使要花些時間往返，他還是喜歡回家吃飯。但不管怎麼樣，午餐我都不會太費事去做。如果有昨天的剩菜，就用微波爐熱一下，否則就煮個蕎麥麵了事。所以做飯本身並不麻煩。再說，與其我一個人默默吃飯，當然是和丈夫一起吃比較愉快。

很久以前，在診所剛開業的那陣子，下午第一個時段往往沒有人預約，那個時候，我們在午餐後還經常會上床。那真是美妙的交合。周圍靜悄悄的溫和的午後光線溢滿了房間。我們比現在年輕得多，而且幸福。

當然，我認為我們現在依然幸福。家裡連個麻煩的影子都看不到。我喜歡丈夫，也信賴他。我這麼認為，我想他也一樣。不過，生活的質隨著歲月逐漸起了變化，這也是沒辦法的事。而且現在下午全部都預約滿了。他一吃過飯就去洗手間刷牙，隨即開車回診所。有幾千顆、幾萬顆病牙在等著他。不過，正如我們經常互相確認的那樣，不能要求太多。

丈夫回診所之後，我就帶著泳衣和浴巾前往附近的健身俱樂部，然後在那裡游個半小時。游得相當認真。我並不特別喜歡游泳這種行為。我去游泳，純粹只是不想長出贅肉。我一直非常喜歡自己的身體曲線。坦白說，我從不曾喜歡過自己的長相。我覺得長得還不錯，但就是不喜歡。可是我喜歡我的身體。喜歡赤身露體站在鏡子前面，欣賞那柔和的輪廓與勻稱的生命感。感覺上其中似乎包含著某種對我來說非常重要的東西。雖然不知道那是什麼，但我不想失去它。

我三十歲了。年過三十就會知道，三十歲並不是世界末日。雖然我並不認為年紀增長是多麼值得高興的事，不過年齡的增長也有不少好處。那只是觀念的問題。但唯有一件事十分明確。如果年過三十的女人珍愛自己的肉體，而且衷心希望能夠維持應有的曲線，就必須付出相當的努力——就是這件事。這是我從母親那兒學到的。我的母親曾經是個苗條的美女，可惜後來卻走樣了。我不想像母親一樣。

游完泳，下午剩餘的時間要怎麼打發則視當天的情形而定。有時候會到車站前面逛逛街，或者回家去，坐在沙發上看書，聽廣播，或許就那麼打個盹。不久，孩子放學回來。我會幫孩子換衣服，給他吃點心。孩子吃過點心就出去和朋友一起玩。因為才二年級，既不必補習也不必學什麼才藝。就讓他去玩好了，丈夫說。他說只要去玩就會自然而然長大。出門的時候，我說：要小心噢。孩子回答：沒問題。和丈夫一樣。

接近傍晚時，我開始準備晚餐。孩子六點以前會回來，然後看卡通。如果診療時間沒有拖延，丈夫會在七點之前到家。丈夫滴酒不沾，也不喜歡無謂的應酬。工作結束多半會直接回家。

吃飯的時候，我們一家三口說著話。我們互相交換當天的見聞。不過算起來，話最多的還是兒子。這是理所當然的，周圍發生的每一件事對他來說都是新鮮的，充滿了神祕感。兒子說著，丈夫和我則對此發表感想。吃完飯，兒子獨自隨他高興去玩。看看電視、讀讀書，或是和丈夫嬉戲。有家庭作業的時候，就待在房間裡把功課做完。然後八點半就上床睡覺。我為兒子蓋好棉被，摸摸他的頭髮，說了「晚安」後把電燈關掉。

接下來就是我們夫妻倆的時間。丈夫坐在沙發上，邊看著晚報邊和我聊一下。聊聊病患的事，或是報上的消息，並且會放海頓或莫札特來聽。我也不討厭聽音樂，不過我永遠無法分辨海頓和莫札特的差別。在我的耳朵裡聽起來，兩者幾乎一樣。我這樣說時，丈夫就說分不出不同也沒什麼關係呀。美好的東西就是美好，這樣不就夠了嗎，丈夫這樣說。

「就像你很帥一樣噢。」我說。

「對，就像我很帥一樣。」丈夫說。然後咧嘴一笑。好像非常開心。

這就是我的生活。也就是說，在我變成無法成眠之前的生活。大體而言，每天差不多都是重複同樣的事情。雖然我也會簡單記下類似日記的東西，但若是有兩、三天忘了記，就會分不清哪些事是哪天發生的。即使昨天和前天互換，也絲毫不會覺得奇怪。這是什麼樣的人生啊，我經常這麼想。不過我並不因此而感到空虛。只是覺得驚訝而已。對於分不清昨天和前天這個事實；對於自己被包含、吞入這種人生裡的事實；對於自己留下的腳印，還無暇確認就在轉眼間又被吹散的事實。這種時候，我會去洗手間在鏡子前看自己的臉。凝視十五分鐘左右。讓頭腦變成空白，什麼也不想。把自己的臉當成純粹的物體那樣靜靜注視著。這樣，我的臉便會逐漸和我自己分離，成為純粹只是同時存在的東西。然後我便體認到那就是所謂的現在。和足跡什麼的沒有關係。目前我就是這樣和現實同時存在，這才是最重要的。

可是現在我睡不著覺。自從睡不著之後，我也不再寫日記了。

2

開始睡不著覺的第一個夜裡所發生的事，我仍然記憶鮮明。我當時正做了個惡夢。非常黑暗而黏滑的夢，內容則已經不記得了。我只記得那不祥的感觸而已。接著，我在那夢境的高潮中醒來。就在繼續沉溺於夢中便會無可挽回的危險時刻，我像是被什麼拉了回來般忽然醒過來。醒來好一會兒之後，我還在呼呼地大口喘氣。手腳發麻，無法自由移動。我靜下來不動，覺得像是躺在一個空洞中，只聽到自己呼吸的聲音顯得格外大聲。原來是一場夢啊，我心想。然後就這麼仰躺著，等呼吸平順下來。心臟激烈地跳動，為了快速將血液送過去，肺有如風箱緩慢而大幅地鼓動。不過那振幅隨著時間徐徐緩和下來。現在到底幾點了呢，我心想。我想看看枕邊的時鐘，但脖子無法順利轉動。這個時候，我忽然看到腳邊似乎有什麼東西。好像是個模糊的黑影，我倒抽了一口氣。心臟和肺，還有我體內的一切，都瞬間像是凍結似的停了下來。我目不轉睛地往那影子的方向看。

我凝神注視，那影子隨即像是迫不及待似的急速顯現出清楚的形狀。輪廓變得明確，其中注入了實體，細部逐一浮現出來。那是一個穿著貼身黑衣的瘦老人。灰色的短髮，臉頰瘦削。那個老人靜靜站在我的腳邊。老人一言不發，用銳利的眼神凝視著我。眼睛非常大，連上面浮現的血絲都清楚可見。可是，那張臉上並沒有表情這種東西。什麼訊息也沒有傳達，有如洞穴般空洞。

這不是夢，我心想。我是從夢中醒來的啊。而且不是似醒非醒，是像被彈起來似的驚醒。所以這不是夢。這是現實。我想動。想叫醒丈夫，或是打開電燈。但不管怎麼用力，我仍然無法動彈。真的是連一根手指都動不了。在知道自己無法動彈之後，我忽然害怕起來。那是種起自根源的，有如從無底的記憶之井無聲湧上來的寒氣般的恐懼。那寒氣直侵我存在的根。我也想喊叫，可是也發不出聲音。連舌頭都不聽使喚了。我所能做的，只有一直盯著那個老人而已。

老人的手上拿著什麼，細長而帶著圓弧的物體，還泛著白光。我一直注視著那個物體。仔細一看，那個什麼也開始有了具體的形狀。那是個水瓶。我腳邊的老人拿著一個水瓶。那種老式的陶製水瓶。後來他把那舉了起來，開始朝我的腳上澆水，可是我連那水的觸感都感覺不到。我可以看得見那水往我腳上澆，也聽得見聲音。可是我的腳卻毫無感覺。

老人一直往我腳上澆水。奇怪的是，不管怎麼澆，那水瓶裡都還有水。我開始懷疑自己的腳會不會就這樣腐爛溶解。被澆了那麼久的水，即使爛掉我也不會覺得奇怪。一想到自己的腳即將腐爛溶解，我就再也克制不住了。

我閉上眼睛，發出了大到不能再大的尖叫。

但那尖叫並沒有發出聲來。我的舌頭無法使空氣震動。尖叫只是在我體內無聲地響著而已。那無聲的尖叫在我體內四處亂竄，使我的心臟停止了鼓動。腦袋裡瞬間化成一片空白。連我的每一個細胞都滲入了尖叫聲。我的身體裡有什麼東西死了，有什麼東西溶解了。如同爆炸的閃光一樣，那真空的震動把許多和我的存在有關的東西，都徹底而蠻橫地銷毀了。

我睜開眼睛時，老人已然消失了蹤影。水瓶也不見了。我看看自己的腳。床上並沒有被水澆過的痕跡。床罩仍然是乾的。相反的，我卻濕淋淋地渾身是汗，汗量多得驚人。一個人竟然能夠流這麼多汗，真令我難以置信。但那就是我的汗。

我試著逐一動動手指，接著彎彎手臂。然後試著移動腳，轉一轉腳踝，彎一彎膝蓋。雖然不太順利，但是各部位總算可以動了。我小心翼翼確認過全身都可以活動之後，才悄悄起身。房間在外面街燈的光線中顯得朦朦朧朧，我試著環視每一個角落。房間裡四處都沒有老人的身影。

枕邊的時鐘指著十二點半。我上床的時候還不到十一點，算來只睡了一個半小時左右。旁邊的床上，丈夫睡得正酣。丈夫簡直就像喪失了意識似的熟睡著，連鼾聲都聽不到。他一旦睡著，除非有什麼天大的事情，否則是不會醒的。

我下床走到浴室，把汗濕的衣服脫下來扔進洗衣機，沖了澡。然後把身體擦乾，從衣櫥拿出乾淨的睡衣穿上。接著去客廳打開落地燈，坐在沙發上喝了杯白蘭地。我很少喝酒，並不是像丈夫那樣因為體質而完全不能喝，過去我也常喝，只是婚後忽然就不喝了。只有在睡不著的時候，才會偶爾喝一口白蘭地。但是在那一夜，為了鎮定亢奮的神經，我無論如何都想喝一杯。

櫥櫃裡有一瓶人頭馬(Remy Martin)，那是家裡唯一的含酒精飲料。是別人送的。因為太久了，已經忘記是什麼人送的了。瓶子上積了一層灰。當然沒有什麼白蘭地酒杯，於是我把酒倒進普通的玻璃杯，一口一口慢慢喝。

身體還在微微顫抖，但恐懼已經逐漸淡去。

聽某個有過鬼壓床經驗的大學同學說過。那種景象非常真實，根本不會認為是在做夢，她說：「當時我並不覺得是在做夢，現在也還覺得不是喲。」的確會認為不是夢，我也這麼想。但不管怎麼說，那終究是個夢。那種不像夢的夢。

可是，即使恐懼消散了，身體的顫抖卻久久無法平息。我的皮膚表面有如地震後的波紋，一直在微微顫抖著。那輕微的顫抖是清楚可見的。大概是因為那尖叫的關係吧，我心想。未能化為聲音的尖叫積在體內，使我的身體顫抖不停。

我閉眼睛又喝了口白蘭地，感覺到溫暖的液體慢慢從喉嚨入胃裡。那觸感非常真實。

接著我忽然擔心起孩子。一想到孩子，胸口又開始怦怦亂跳，我從沙發上站起來，快步走到孩子的房間。孩子也一樣睡得很熟。一隻手放在嘴邊，另一隻手伸在一旁。看來孩子和丈夫一樣，完全安心地睡著。我把孩子弄亂的棉被蓋好。雖然我不知道到底是什麼蠻橫地破壞了我的睡眠，但似乎只攻擊了我一個人而已。丈夫和孩子都絲毫沒有感覺。

我回到客廳，在屋裡信步走了一會兒。完全沒有睡意。

我也想再喝一杯白蘭地。其實我想喝更多酒，讓身體更暖和，讓心神更平靜。而且想在口中再次感覺那確實而強烈的味道。但猶豫一下之後還是決定不喝。因為我不想讓醉意留到明天。我把白蘭地收回櫥櫃，把玻璃杯拿到流理台洗乾淨。然後從廚房的冰箱拿出草莓來吃。

忽然發現皮膚的顫抖已經差不多平息了。

那個黑衣老人到底是什麼人呢，我心想。那是個完全陌生的老人。那身黑衣也很奇怪。乍看之下像是貼身的運動服，不過看起來式樣很古老。我第一次看到這樣的衣服。還有那雙眼睛，眨也不眨，充血發紅的眼睛。他是誰？又為什麼要往我腳上澆水？為什麼非這麼做不可呢？

我完全搞不懂。毫無頭緒。

我的朋友遇到鬼壓床的時候，她是在未婚夫家過夜。在她睡覺時，有個年約五十歲、板著臉的男人出現，說道：妳給我離開這間屋子！她那一段時間也是無法動彈，而且同樣是汗水淋漓。那個人應該是他亡父的鬼魂不會錯。他的父親叫我出去，她當時這麼想。可是，第二天她要未婚夫把父親的相片給她看時，才發現長相和昨夜出現的男人完全不同。我覺得很可能是自己太緊張了，她說。所以才會遇上什麼鬼壓床。

可是我並不緊張啊。而且這裡是我家。這裡應該不會出現要嚇我的東西才對。為什麼如今我卻會在這裡遇到鬼壓床呢？

我搖搖頭。不要再想了，再想也沒有用。那不過是個很真實的夢罷了。可能是身體裡在不知不覺間累積了過多的疲勞吧。一定是前天打網球的緣故。游完泳後，在俱樂部被朋友約去打球，打得太久了些。後來手腳痠了好一陣子。

我吃完草莓，躺在沙發上。然後把眼睛閉上一會兒試試看。

完全沒有睡意。

慘了，我心想。真的是完全沒有睡意。

我想到，或許看一下書就會想睡了吧。我走到臥室，從書架上選了本小說。雖然是開了燈找，但丈夫一動也沒動。我選了《安娜・卡列尼娜》。總之我想看長篇的俄國小說。很久以前曾經看過一次《安娜·卡列尼娜》。那應該是在念高中時。至於情節如何、已經幾乎忘光了。只記得最前面一段，和最後女主角臥軌自殺的部分。「幸福的家庭只有一種，不幸的家庭卻各不相同」這是開場白。大概是這樣吧。的確在一開始就暗示了主角自殺的高潮戲。此外是否還有賽馬場的場面？或者那是另一本小說？

總之我回到沙發翻開書。究竟有多少年沒有這樣坐下來好好看書了呢，我心想。在午後空閒的時間，我當然也會拿書來翻個三十分鐘到一小時。但正確地說，那算不上看書。即使在看著書，我也會隨即想到別的事。孩子的事啦、購物的事啦，或是冰箱有問題啦、親戚的婚禮該穿什麼去才好啦，或是一個月前父親做胃部手術的事，這些事情會忽然浮現在腦海，然後又一一往各方向衍生膨脹。等到我回過神來時，時間已經溜走，書卻沒有往前翻幾頁。

就這樣，我在不知不覺間習慣了不看書的生活。仔細想想，這真是不可思議。因為從小到大，閱讀一直是我生活的重心。我小學時就開始去圖書館借書來看，零用錢幾乎全都用來買書。我省下飯錢、去買自己有興趣的書回來看。國中和高中時，都沒有像我這麼愛看書的同學。我在五兄弟姊妹裡排行老三，父母都忙著工作，誰也沒有空理我。所以我可以一個人盡情看書。如果有讀書心得徵文，我一定去投稿。我為的就是當作獎品的圖書禮券，而且多半都會入選。大學念的是英文系，也拿到很好的成績。有關凱莎琳．曼斯菲爾德（Katherine Mansfield）的畢業論文還得到了最高分。教授問我要不要留下來念研究所，可是當時我打算踏入社會。畢竟我並非學究型的人，而且這一點我也頗有自知之明。我只是喜歡讀書而已。就算我想繼續深造，家裡的經濟狀況也不允許我上研究所。雖然家裡並不算窮，但下面還有兩個妹妹。因此我大學畢業後就必須離家獨立生活。正如字面的意思，我必須赤手空拳為生存而努力。

我最後一次好好看完一本書，到底是什麼時候的事了？還有，那時候我看的到底是什麼書呢？不管怎麼想，我連那本書的書名都想不起來。人生為什麼會產生這麼大的變化呢，我思索著。過去那個像是著了魔般拚命看書的我，究竟到哪裡去了？那些歲月，以及可說是異常激烈的熱情，對我來說到底又算什麼呢？

但是在那一夜，我終於能夠集中精神在《安娜・卡列尼娜》上。我心無旁騖地一頁頁看下去。我一口氣看到安娜・卡列尼娜和弗隆斯基在莫斯科的火車站見面那裡，夾上書籤，又去拿出那瓶白蘭地。然後倒進玻璃杯來喝。

以前看的時候完全沒注意，但仔細想想，這實在是本有意思的小說。書中的女主角安娜・卡列尼娜，竟然在一一六頁之前都不曾露面。對於那個時代的讀者來說，這樣難道不會顯得特別不自然嗎？我就這一點思考了一下。即使用了很大的篇幅去描寫歐布朗斯基這種小人物的生活，他們也都可以忍耐下去，一直等到美麗的女主角登場嗎？也許是吧。可能是當時的人都很閒吧。至少以閱讀小說的階層而言。

忽然回過神來時，時鐘已指著三點。三點？可是我完全沒有睡意。

這下子該如何是好呢，我心想。

我完全不想睡。可以這樣繼續把書看下去，我非常想接著看下去。可是我不能不睡覺。

我忽然想起以前為失眠所苦的那段時期。那段整天精神恍惚，彷佛生活在雲霧之中的日子。我可不願意再那個樣子了。當時我還是學生，即使那樣也還過得去。但現在不同了，我已為人妻、為人母。我有所謂的責任在，我得為丈夫做飯，也必須照顧孩子。

可是我覺得，即使就這麼上床去，大概也睡不著吧。這我很清楚。我搖搖頭。沒辦法啊，我完全不想睡，而且還想繼續看下去。我嘆了一口氣，目光移向桌上的書。

結果，我一直埋首於《安娜．卡列尼娜》，直到旭日東升。安娜和弗隆斯基在舞會中互相深情注視，並陷入宿命般的戀情。安娜在賽馬場（果然出現了賽馬場）看見弗隆斯基墜馬而心慌意亂，向丈夫坦承自己的不貞。我隨著弗隆斯基騎著馬飛越障礙物，耳邊傳來群衆的歡呼聲我在觀眾席上目睹弗隆斯基墜馬。窗外天色變亮後，我放下書，去廚房煮咖啡喝。殘留在腦海的小說場景，加上突如其來的強烈飢餓感，使得我完全無法思考。我的意識和肉體在某處仍然錯開著，好像就那樣固定了下來。我切開麵包，抹上奶油和芥末醬，做了份乳酪三明治。然後站在流理台前就吃起來。如此強烈地感覺到飢餓，對我來說非常罕見。那真是令人窒息的暴力性飢餓。吃完三明治後肚子仍然很餓，於是我又做了一份三明治來吃。然後又喝了一杯咖啡。

3

不論是碰到鬼壓床的事，或是一夜無法成眠的事，我都沒有向丈夫提起。並不是故意想要隱瞞，只是覺得沒有必要說罷了。說了也無濟於事，而且一個晚上沒睡，想來也不是什麼大不了的問題。每個人都偶爾會有這種情形。

我和平常一樣為丈夫送上咖啡，給孩子喝熱牛奶。丈夫吃吐司，孩子吃玉米片。丈夫瀏覽了一下報紙，孩子輕聲唱著剛學會的新歌。然後父子倆坐上Blue Bird出門。小心噢，我說。沒問題，丈夫說。兩人向我揮揮手，就和平常一樣。

兩人出門之後，我坐在沙發上思索接下來怎麼辦。該做什麼嗎？有非做不可的事情嗎？我走進廚房打開冰箱，檢查裡面的東西。然後確定一下是否今天一整天都不去採購也不會有問題。麵包也有，牛奶也有，蛋也有，冷凍肉也有，也有蔬菜。明天中午以前的份都一應俱全。

雖然該跑一趟銀行，但也不是非得今天辦好不可。明天再去也無妨。

我坐在沙發上開始繼續看《安娜．卡列尼娜》。重新讀過才知道，對於《安娜．卡列尼娜》的內容，我幾乎可說是完全沒有印象。不論是出場人物或情節，都不太記得了。甚至完全像是在看另一本書似的。真是不可思議，我心想。過去讀的時候應該是相當感動才對，結果卻什麼也沒留在腦袋裡。其中應該有過的悸動與興奮的記憶，在不知不覺間已經紛紛斷落而消失殆盡。

那麼，在那個時代，我消耗在閱讀上的大把時間，到底算什麼呢？

我擱下書，對這點思考了一下。可是我想不出個所以然，而且不久之後，我連自己在想些什麼都弄不清楚了。一回神，才發現自己只是愣愣地望著窗外的樹。我搖搖頭，又繼續看書。

在上冊過了一半多一點處，書裡夾著一些巧克力屑。巧克力乾了，一粒粒黏在書頁上。我高中時一定是邊吃巧克力邊看這本書的，我心想。我最喜歡邊東西邊看書。這麼說來，結婚之後我好像連巧克力都沒有吃了。因為丈夫討厭吃甜食，也幾乎不給孩子吃。所以家裡一概沒有糖果餅乾等甜點。

看著那十多年來已經發白了的巧克力殘屑，我忽然非常想吃巧克力。想和以前一樣，吃巧克力邊看《安娜．卡列尼娜》。我甚至覺得全身的每一個細胞都屏息在渴望著巧克力，並且正在收縮著。

我披上開襟毛衣，搭電梯下樓。走到附近的糕餅店，買了兩包看來很甜的牛奶巧克力。然後一踏出店門立刻打開包裝，邊走邊吃起那巧克力。牛奶巧克力的香味在嘴裡擴散開來。我清楚地感覺到那非常直接的甜味逐漸被吸進身體的每個角落。在電梯裡，我又把第二塊送進嘴裡。連電梯裡都瀰漫著巧克力的香味。

我坐上沙發，邊吃著巧克力邊繼續看《安娜．卡列尼娜》。一點也不睏，也不覺得累。我可以手不釋卷一直看下去。一包巧克力全部吃完後，我又打開第二包的包裝紙，吃了一半。在看到上冊三分之二左右時，我看了看時鐘。十一點四十分。

十一點四十分？

丈夫就快要回來了。我急忙闔上書，走去廚房。然後在鍋子裡裝了水，打開瓦斯爐。接著切了蔥絲，準備下蕎麥麵。在水滾之前，我把海帶芽泡開，做了道醋拌小菜。從冰箱拿出豆腐來涼拌。然後去洗手間刷牙，除掉巧克力的味道。

幾乎就在水滾的同時，丈夫到家了。工作比預期提早結束，丈夫說。

我倆吃著蕎麥麵。丈夫邊吃麵，邊談著考慮引進新醫療設備的事。一種比舊機種更能有效清除齒垢的機器，又可以縮短時間。價格當然不便宜，可是我覺得本錢應該可以回收，丈夫說。因為最近單純來洗牙的人也很多。妳認為如何呢，丈夫問我。我實在不願意去想齒垢的事。不想在吃飯時聽到這種事，也不願意深入去思考。我正在想著大障礙賽中的各種情景，才不要去想什麼齒垢呢。不過總不能這麼說。丈夫是認真的。我問了那機器的價格，假裝在思考。如果有需要的話就買吧，我說。不要擔心錢的事，反正又不是拿去玩樂。

說得也是，丈夫說。又不是拿去玩樂噢，他重複了一遍我的台詞。接著便默默吃麵。

一對大鳥停在窗外的樹枝上啼叫，我心不在焉地看著。不會睏，我完全沒有睡意。怎麼回事呢？

在我收拾碗盤時，丈夫坐在沙發上看報紙。他的身旁就放著《安娜·卡列尼娜》，但他並沒有特別留意。我有沒有看書，丈夫並沒有興趣。

我洗好碗盤後，丈夫說：今天有個好消息，妳猜是什麼？

不知道，我說。

下午第一個病患取消了預約，所以我一點半之前都沒事。說著丈夫咧嘴一笑。

我想了一下他的話，但不明白為什麼這是一個好消息。為什麼呢？

我發現原來這是在向我求歡，是在他站起來要誘我上床的時候。不過我完全沒有那個心情。為什麼非做那件事不可呢？我完全無法理解。我想早一點回到書上。一個人躺在沙發上，一面吃巧克力，一面看《安娜·卡列尼娜》。洗碗盤時，我還一直在想著弗隆斯基這個角色的事。想著托爾斯泰這個人為什麼能夠如此巧妙地掌握每一個出場人物。托爾斯泰的描寫非常出色而真實。但正因為如此，其中有某種救贖卻被損傷了，而那救贖正是——

我閉了一下眼睛，用手指按了按太陽穴。接著說：我實在是一早就開始有些頭痛。對不起，非常抱歉。因為我有時會為嚴重的頭痛所苦，丈夫也就理所當然地接受了。不要勉強，躺下來休息一下好了，他說。也沒那麼嚴重，我說。他坐在沙發上，邊聽音樂邊慢慢看報，直到一點多。然後又提起醫療設備的話題。即使引進最先進的高價機種，兩、三年之後就會變舊，又得一一更換，只便宜了製造醫療設備的公司，這一類的話題。我不時出聲附和，但幾乎什麼也沒聽進去。

丈夫下午出門去工作之後，我把報紙摺起來，拍拍沙發讓沙發恢復原狀。然後靠在窗框上環視屋裡。我真不明白，為什麼會不睏呢？

我過去也熬過幾次夜，但從來不曾這麼久沒有睡覺。平常的話，應該早就睡著了，就算沒有睡著，也應該漸漸會瞌睡得不得了才對。可是我卻完全不想睡，頭腦非常清醒。

我走到廚房，熱了咖啡來喝。然後想想接下來要做什麼。當然是想繼續看《安娜．卡列尼娜》，不過，我同時也想和平常一樣去游泳。猶豫了片刻之後，還是決定去游泳。雖然無法解釋，但我覺得好像是想藉著好好活動筋骨，以便將體內的什麼東西趕出去。**趕出去**。可是，到底要把什麼趕出去呢？我就這一點想了想。要**把什麼趕出去呢**？

不知道。

不過那個什麼，卻在我的體內如同某種可能性般隱隱約約漂浮著。雖然我很想為它取個名字，但腦袋裡就是想不出合適的詞彙。我並不擅長找尋詞彙。如果是托爾斯泰，一定可以找到非常貼切的詞彙吧。

總之，我和平常一樣把泳衣放進袋子裡，開著City前往健身俱樂部。游泳池沒有一張熟面孔，只有一名年輕男子和一名中年婦人在游著。救生員一臉無聊地望著游泳池的水面。

我換好泳衣，戴上蛙鏡，像往常一樣游了三十分鐘。可是三十分鐘還不夠。於是我又多游了十五分鐘。最後使出全力，以自由式來回游了一趟。雖然氣喘吁吁，但感覺身體好像仍然充滿了活力。從泳池中上來時，周圍的人都直盯著我。

因為離三點鐘還有一段時間，我便開車繞到銀行把事情辦好。本來還打算順便去超級市場買東西，但又作罷直接回家。然後接著看起《安娜·卡列尼娜》，又拿出剩下的巧克力來吃。四點，兒子回來，我拿果汁給他喝，還給他吃自製的水果果凍。接著開始準備晚餐。先把肉從冷凍庫拿出來解凍，把青菜切好準備炒。煮了味噌湯，飯也下鍋了。我非常俐落地解決例行性的工作。

然後又接著看《安娜．卡列尼娜》。

不覺得睏。

4

十點鐘，我和丈夫一起上床，並且假裝一同入睡，丈夫立刻就睡著了。枕邊的電燈一關掉，他幾乎在同一瞬間便進入了夢鄉。好像電燈開關和他的意識之間有線路連接著似的。

真了不起，我心想。這種人相當少見，為失眠所苦的人可要多得多了。我的父親就是這樣，父親經常抱怨睡不熟。不但很難入睡，而且只要有一點聲響或是動靜就會醒過來。

不過我的丈夫卻不是這樣。只要一睡著，不管發生什麼事都會一覺到天亮。剛結婚時，這令我覺得很奇怪，便做了好幾次實驗，看看究竟要怎麼樣才能夠把這個人弄醒。試著用滴管在他的臉上滴水、用毛刷搔他的鼻頭。不過他就是不會醒來。如果繼續糾纏下去，最後也會發出覺得不快的聲音而已。丈夫連夢都不做，至少可以說完全不記得曾經做過什麼夢。當然也沒碰到過鬼壓床。他就像被埋在泥土裡的烏龜一樣，只會睡得很熟而已。

真了不起。

我躺了十分鐘之後，悄悄下床。然後去客廳把落地燈打開，將白蘭地倒進玻璃杯裡。接著在沙發上坐下，一面舔著似地小口小口喝著白蘭地，一面看書。心血來潮時，就去把藏在櫥櫃裡的餅乾和巧克力拿出來吃。不知不覺天就亮了。天亮之後，我便闔上書，煮咖啡來喝，並且做三明治來吃。

每天都重複著同樣的事情。

我迅速料理好家事，上午一直在看書。到了中午，便放下書去為丈夫做午飯。丈夫在一點鐘再度出門之後，我就開車去游泳池游泳。自從我睡不著覺之後，改為每天都整整游一個小時。三十分鐘的運動量根本不夠。在游著的時候，我把精神集中在游泳上，其他什麼也不想。我只想著如何有效地活動身體，規律地吸氣、吐氣。遇到熟人也幾乎沒有交談，只是簡單打聲招呼而已。如果有人相邀，我就推說正好有事得趕回家。我不想跟任何人來往，我沒有閒工夫和別人扯淡。

我盡情游完泳之後，就想盡早回家看書。

我把買菜、煮飯、打掃、陪伴孩子當成義務，把和丈夫做愛當成義務。一旦習慣了之後，那絕不是什麼難事。甚至可以說很容易，要截斷腦袋和身體的連結就好。我的身體在自行活動的時候，我的頭腦卻飄浮在我自己的空間裡。我什麼也不想地處理家事，給孩子點心吃，和丈夫話家常。自從睡不著覺之後，我所想到的是：所謂的現實，其實很簡單。要應付現實，實在太容易了。那只不過是現實而已。那只不過是家事而已，只不過是家庭而已。就像操作很單純的機械一樣，只要記住了程序，接下來只要重複就行了。按一下這裡的按鈕，拉一下那邊的操縱桿，調整一下刻度，蓋上蓋子，設定好時間。只不過是重複而已。

當然，偶爾也會有些變化。婆婆來了，一起吃晚飯。星期天帶著孩子，一家三口去動物園。孩子嚴重腹瀉。

不過這些事情都無法動搖我的存在。這些事只是像無聲的風一樣從我的身邊吹過而已。我和婆婆話家常，做了四人份的飯；在熊的籠子前拍照；為孩子溫敷一下肚子，給他吃藥。

誰也沒有發覺我的變化。不論是我完全沒有睡覺、我日日持續看書、我的頭腦與現實相距幾百年與幾萬公里之遙，都沒有人發覺。即使我是多麼義務性地、機械式地，不帶任何愛情與感情地繼續去處理現實的事物，丈夫、孩子和婆婆，都和往常一樣對待我。或是說，他們似乎比平常更能夠輕鬆面對我了。

就這樣過了一個星期。

在那毫無間斷的清醒進入第二週時，我終於開始感到不安。這無論如何都是異常狀況。人類需要睡眠，沒有人可以不睡覺。我曾經在哪裡看過以不讓人睡覺來逼供的文章。是納粹所作的拷問。把人關在狹小的房間裡，強迫其睜開眼睛並以燈光持續照射，或以大音量不斷播放噪音，讓人無法入睡。這樣下去，人犯便會發瘋而終至死亡。

至於是經過多少時間之後才開始發瘋，我已經不記得了。好像是三到四天吧？而我，睡不著的情形已經持續了一個星期。再怎麼說都太久了。儘管如此，我的身體卻絲毫不見衰弱，反而可以說比往常更有精神。

有一天沖了澡之後，我一絲不掛站在大鏡子前，赫然發現自己的身體曲線竟然充滿了旺盛的生命力。我試著從頭到腳把全身毫無遺漏地檢查一遍，竟然連一點贅肉或是一絲皺紋都沒有發現。當然，我的體態已經和少女時代有所不同，但是皮膚卻比以前更潤澤，更有彈性。我試著用手指捏起腹部的肉。那裡結實而且彈性極佳。

我接著又發現自己變得比想像中漂亮了。我看起來年輕許多，也許說是二十四歲都不會被懷疑吧。肌膚光滑，雙眼有神，嘴唇紅潤。顴骨突出部分的陰影（我最不喜歡自己這個部分）也變得完全看不出來了。我在鏡子前坐下，端詳著自己的臉大約三十分鐘之久。從各個角度，客觀地審視，並沒有弄錯。我真的變漂亮了。

我身上到底發生了什麼事？

我也曾考慮去看醫生。我和一個醫生很熟，從小就受他照顧，他也很了解我。但一想到醫生聽了我的話會有什麼反應，心情就越來越沉重。他會相信我的話嗎？如果我說已經一個星期完全沒睡覺，他可能首先就會懷疑我的腦袋有問題吧。或者只會當成失眠所引起的神經衰弱來處理，或者會完全相信我所說的，然後把我送進某家大醫院去接受檢查。

那會有什麼下場呢？

我可能會被關在那裡，被各科轉來轉去、接受各種實驗吧。腦波檢查啦、心電圖啦、驗尿、驗血啦，以及心理測驗等等。

我無法忍受這種事。我只想一個人靜靜看書。想每天好好游足一個小時泳。而且，自由對我來說勝過其他的一切。那是我的希求。我才不想進醫院。就算進了醫院，他們到底又能了解什麼？他們只會做一大堆的檢查，成立一大堆的假設而已。我可不願意被關在那種地方。

有一天下午，我到圖書館去，想找有關睡眠的書來看。有關睡眠的書並不多，而且內容也都不怎麼樣。看到最後，他們想說的事情只有一件。所謂的睡眠就是休息——如此而已。那就像把汽車的引擎關掉一樣。如果讓引擎一直運轉個不停，早晚會故障。引擎運轉必然會產生熱，積存的熱會導致機械疲乏。為了散熱，就不得不休息，使之冷卻下來。關掉引擎——那也就是睡眠。以人的情況而言，那既是肉體的休息，同時也是精神的休息。當我們躺下來讓肌肉休息的同時，也閉上眼睛讓思考中斷。如果這樣還有多餘的思考，便會以夢的形式自然放電。

有一本書提出了有意思的觀點。作者認為：人，不管在思想或肉體行動上，都無法逃脫一定的個人傾向。人這種動物，會在不知不覺之間形成個人的行動與思考傾向，而這種傾向一旦形成，除非發生重大變故，否則便不會消失。換句話說，人會被囚禁在那種傾向的牢籠中過日子。而睡眠的作用正是將那傾向的偏差——作者認為就如同鞋跟偏一邊磨損一樣——中和。換言之，睡眠可以調整、治療那種偏差。人在睡眠中讓未均衡使用的肌肉自然放鬆，讓未均衡使用的思考迴路鎮靜下來，並且放電。如此一來，人便得以冷卻下來。這是人這種系統被命定的程式化行為，誰也無法擺脫。作者表示，如果從中跳脫開來，存在本身便會喪失其存在的基礎。

傾向？我心想。

傾向一詞令我聯想到的是家事。我不帶感情地、機械化地面對各種家務。做飯啦，購物啦，洗衣啦，育兒啦，除了傾向之外，這些的確什麼也不是。這些事我閉著眼睛就可以應付。因為，這些只不過是傾向罷了。按按鈕、拉拉操縱桿。只需這樣處理，現實便會順利地向前推進。身體的活動也一樣——僅僅是傾向。如此一來，我就有如鞋跟偏一邊磨損般，以某種傾向耗損，而為了調整與冷卻，每天都需要睡眠。

是這麼回事嗎？

我試著仔細再讀一次那文章。然後點點頭。沒錯，應該就是這樣吧。

那麼，我的人生究竟算是什麼呢？我在傾向下耗損，又為了治療而睡覺。我的人生難道只是不斷重複這些而已嗎？哪裡也去不了了嗎？

我在圖書館的桌子前搖搖頭。

我才不需要什麼睡眠，我心想。就算會發瘋，就算因為沒睡覺而喪失那生命的「存在基礎」，都沒有關係，我心想。無所謂。反正我就是不想在傾向下耗損。而且，如果睡眠是為了治療那傾向下的耗損而定期來訪的話，那也大可不必。我沒有那種需要。就算我的肉體不得不在傾向下耗損，我的精神仍然屬於我自己。我要好好為自己保留下來，不交給任何人。我才不要治療。我不要睡覺。

我這樣下定決心之後離開了圖書館。

5

就這樣，我對於睡不著一事便不再感到恐懼。沒有什麼好怕的，只要想得開就好了。反正我已經將人生擴大了……我心想。從夜晚十點到清晨六點這段時間，是屬於我自己的。這相當於一天的三分之一的時間，過去都在睡眠這種作業上——他們稱為「為了冷卻下來的治療行為」——浪費掉了。但現在那已經是屬於我自己的了。不屬於任何人，是屬於我的。我可以隨心所欲支配那段時間。不受任何人干擾，也不會被任何人要求。沒錯，這的確是擴大了的人生。我已將人生擴大了三分之一。

或許你會說，這就生物學來看並不正常。或許確實是如此。而且，我這種持續不正常的行為，或許將來必須付出代價。人生中這個擴大了的部分也就是我預支了的，或許得在以後歸還。雖然這是沒有根據的假設，但也沒有根據能夠予以否定，我認為也自成一番道理。總而言之，時間的收支最後是會平衡的。

但說實在的，這種事對我而言已經無所謂了。就算自己因為某種原因而必須提早死去，我也毫不在意。只要讓假設依假設的路隨意去發展就行了。至少在目前，我把自己的人生擴大了。這真是一件美妙的事。其中有一種手感。一種自己存在於此的真實感。我並沒有耗損。至少，沒有耗損掉的那部分的我存在於此。我因此才得以真實地感覺到自己活著。我覺得，人生若是缺少了活著的真實感，持續得再久都沒有任何意義。我現在明確地這麼認為。

確定丈夫已經睡著後，我就坐在客廳的沙發上，獨自喝著白蘭地，並打開書。我用第一個星期，將《安娜・卡列尼娜》連續看了三遍。每次重新閱讀，都有更多新發現。在這大部頭的長篇小說裡，充滿了各種發現和各種謎。就如同精緻的多寶盒，在世界之中還有小世界，而在那小世界中還有更小的世界。而那些世界又會形成一個複合的宇宙。那個宇宙一直存在於那裡，等待讀者去發現。過去的我，只能了解其中的皮毛而已。但現在的我，卻能夠洞悉並理解。舉凡托爾斯泰這位作家在此要表達什麼，想要讀者領會什麼，那訊息是如何有系統地結晶成小說，而那小說最後又有什麼凌駕了作者本人，我都能夠了然於胸。

不管多麼集中精神，我都不會疲倦。在《安娜．卡列尼娜》已經盡可能讀過之後，我就開始閱讀杜斯妥也夫斯基。有多少書我都可以看完。不管多麼集中精神都不覺得累。不論是多麼艱澀的地方，我都可以輕易理解。並且深受感動。

這才是我原本應有的模樣啊，我心想。由於捨棄了睡眠，我擴大了自己。重要的是專注力，我心想。缺少專注力的人生，就如同睜眼瞎子一樣。

白蘭地終於喝光了。我幾乎喝了一整瓶白蘭地。我去百貨公司買了一瓶同樣的人頭馬，順便又買了瓶紅酒。此外還買了高級的水晶玻璃白蘭地酒杯，也買了巧克力和餅乾。

有時候，讀著讀著情緒會變得非常亢奮。這種時候，我會放下書本，在屋裡活動一下筋骨。做做柔軟體操，或只是在屋裡走動，心血來潮時也曾經外出散步。我換了衣服，把City開出停車場，在附近隨便逛逛。也曾去通宵營業的連鎖餐廳喝咖啡，但是會碰到人還是覺得很麻煩，因此大都留在車上。也曾在看來應該不會有危險的地方停下來，在車上沉思。還曾經開到港口去看一下船。

有一次碰到警察過來臨檢。當時是凌晨兩點半，我把車停在碼頭附近的街燈下，邊聽著收音機的音樂邊眺望著船上的燈火。警察喀喀喀敲著車窗。我把車窗降下，是個年輕的警察，英俊，說話也很客氣。我向警察說明是因為睡不著才來這裡。他要我出示駕駛執照，我便拿給他看。警察看了一下之後表示，上個月這裡發生過兇殺案。一對情侶遇上三名年輕歹徒，男的被殺，女的則被強暴。那個案子我也有印象。我點點頭。所以，這位太太，沒事的話最好不要在這一帶逗留，時間已經很晚了。謝謝，我就要走了，我說。他把駕駛執照還給我。我驅車離開。

不過，也只有這麼一次有人向我開口。我在沒有任何人打擾的情況下，在夜晚的街道上兜風一、兩個小時。然後把車子開回大廈的停車場，停在丈夫那輛沉睡在黑暗中的白色Blue Bird旁邊。然後側耳傾聽伴隨喀嘰喀嘰聲冷卻下來的引擎聲，等聲音停止之後，我下車上樓回家。

回到家後，我會先進臥室，確定丈夫是否仍安睡著。丈夫總是在沉睡著，不會錯的。接著再去孩子的房間，孩子也一樣熟睡。他們什麼也不知道。他們完全相信世界絲毫沒有改變，一如往常地運作著。但事實並非如此。世界在他們不知道的地方不斷在改變，無法挽回地改變著。

有一天夜裡，我曾經靜靜望著丈夫的臉。因為臥室裡發出啪噠一聲，我急忙進去看看，原來是鬧鐘掉到了地上。可能是丈夫在睡夢中移動手臂或翻身時碰掉的。即使如此，丈夫依然像是什麼也沒發生似地熟睡著。真是的，到底要發生什麼事才會把這個人吵醒呢？我撿起鬧鐘放在枕邊，然後雙臂抱在胸前，凝視丈夫的臉。已經很久沒有這樣端詳丈夫的睡臉了。有多少年了呢？

剛結婚時，我經常看他的睡臉。單是看著，便會有種平靜的感覺。我曾認為，只要這個人這樣平靜地睡著，我就會受到保護。因此，從前我經常在丈夫睡著後看著他的睡臉。

但不知從何時開始，我就不再那麼做了。是從什麼時候開始的呢？我試著回想。我想那大概是從為孩子取名字，我和婆婆起了爭執之後吧。婆婆篤信一個類似宗教的團體，從那裡「獲賜」一個名字。我已經忘了是什麼名字，但反正我不想「拜領」那個名字。因此我和婆婆發生了相當激烈的齟齬。可是丈夫對此卻沒有表示任何意見，只是在一旁安撫我們而已。

就在那個時候，我喪失了被丈夫保護的真實感。是的，丈夫並沒有保護我。我因此而非常生氣。當然，那已是往事了，而且我和婆婆已言歸於好。兒子的名字是我自己取的。我和丈夫也隨即和好了。

不過從那時候開始，我便不覺不再凝望丈夫的睡臉了。

我一直站在那裡，望著他的睡臉。丈夫和平常一樣沉睡著，光著的腳以奇怪的角度從棉被的一邊伸出來。那角度看起來簡直像是別人的腳似的。那是隻硬邦邦的大腳。大嘴巴半張著，下嘴唇軟軟地往下垂；偶爾會像是忽想到似的抽動一下鼻翼。眼睛下面的黑痣大得礙眼，看起來很俗氣。眼睛閉著的方式也令人覺得很沒有氣質。眼瞼鬆弛，看來好像覆蓋著一塊褪色的肉。簡直睡得像個傻瓜一樣，我心想。真是令人不敢恭維的睡相。這個人睡覺的模樣怎麼這麼醜呢，我心想。怎麼說都太糟糕了。以前應該不是這樣的啊，我心想。剛結婚的時候，這個人的臉是更有彈性的。即使同樣在熟睡，睡相應該也不至於這麼不像樣啊。

我試著回想丈夫從前的睡臉，但怎麼努力都想不起來。只記得模樣應該沒有這麼糟糕。或許那只是我如此認定而已，或許他的睡相和現在一模一樣，或許只是我產生了某種移情作用也不一定。如果是我的母親，大概就會這樣說吧。那是母親最擅長的說教。妳呀，結婚之後被愛情沖昏了最多不過兩、三年，這是她一貫的台詞。說什麼睡相可愛，只不過是著了魔才會那麼認為噢。她大概會這麼說吧。

不過我知道並非如此。丈夫確實是變醜了，臉皮日益鬆弛，那應該是長了歲數的緣故。丈夫老了，而且疲倦了，磨損了。今後也一定會越來越醜吧，而我對此則不得不忍耐。

我嘆了一口氣。雖然重重地嘆了一口氣，但丈夫當然仍是一動也沒動。一聲嘆息是吵不醒他的。

我離開臥室走回客廳。然後又開始喝白蘭地、看書。但總覺得有什麼放不下心。我放下書，走到兒子的房間，然後把門打開，藉走廊的燈光靜靜望著兒子的臉。兒子和丈夫一樣睡得很沉，和平常沒有兩樣。我看著兒子的睡容好一會兒。小孩子的臉非常光滑，和丈夫大不相同，這也理所當然的。因為他還只是個孩子啊。肌膚有光澤，也沒有看不順眼的地方。

可是，有什麼東西觸動了我的神經。對兒子產生這種感覺，這還是第一次。究竟是兒子的什麼會觸動我的神經呢？我就站在那裡，再次將雙臂抱在胸前。我當然深愛著兒子。非常愛。不過，現在那個什麼東西卻確實使我的神經焦躁不安。

我搖搖頭。

我暫時閉上眼睛，然後再睜開看著兒子的睡臉。於是就明白令我焦躁不安的是什麼了。兒子的睡臉酷似他的父親。而那張臉又與婆婆的非常神似。血統中的固執、自我滿足——我討厭丈夫家族的這種傲慢。丈夫確實是對我很好。溫柔，而且非常體貼。從來不曾拈花惹草，工作認真。為人誠懇，對誰都很親切。我的朋友都異口同聲表示，這麼好的人打著燈籠都找不著。沒得挑剔的，我也這麼認為。不過，有時候沒得挑剔這一點卻令我生氣。在那「沒得挑剔」裡，存在著似乎不容許加入什麼想像力而顯得格外僵硬的部分。就是那觸怒了我。

而現在，兒子居然露出和那相同的表情睡著。

我又搖搖頭。畢竟還是他人哪，我心想。這孩子長大之後，想必也不會了解我的心情。就像丈夫現在根本無法了解我的心情一樣。

我是很愛兒子沒錯。可是我有種預感，或許自己將來無法真心去愛這孩子，這不像個母親應該有的想法。世上其他的母親一定不會這麼想吧。不過我自己知道，或許某個時候我會忽然開始輕視這孩子吧。我這麼想。在看著孩子的睡臉時我心裡這麼想。

想著想著，我不禁悲從中來。把孩子的房門帶上，關掉走廊的燈。然後回客廳的沙發坐下，翻開書。我讀了幾頁之後，又把書闔上。我看看時鐘，快三點了。

我想了想，自從睡不著以來，今天是第幾天了。開始睡不著覺，是上上個星期的星期二。這麼說來，今天正好是第十七天。在這十七天裡，我不曾闔過眼。十七個白天，十七個黑夜。非常長的一段時間。如今，我已經不太記得所謂睡眠到底是怎麼回事了。

我閉上眼睛，試著去喚醒睡眠的感覺。然而那裡只存在著清醒的黑暗而已。清醒的黑暗——那使我想到了死。

我會死嗎，我心想。

如果我就這樣死掉的話，我的人生到底算是什麼呢，我心想。

可是，我的人生到底算是什麼，我當然並不清楚。

那麼，所謂的死又是什麼呢，我心想。

到目前為止，我都把睡眠定位成死的一種原型。換句話說，我把死假設成位於睡眠的延長線上的東西。總而言之，死就是比普通的睡眠更深的，無意識的睡眠，永遠的休息，熄燈（Black Out）。我是這麼認為的。

但我又突然想到，或許並非如此。死的狀況，會不會和睡完全不同類型呢——也許那就如同我現在所看到的，無邊無際而又深沉的、清醒的黑暗。死，或許是在那種黑暗中永遠保持著清醒。

果真如此的話，那也未免太慘了，我心想。如果死的狀況不是休息，我們這充滿疲憊而不完美的生，到底要如何才能得到救贖呢？畢竟誰也不知道死是什麼樣的東西。有誰實際見識過死嗎？誰也沒有。見識過死的人，已經死了。還活著的，誰也不知道死是什麼樣的東西。只能推測而已。不論是什麼樣的推測，都只不過是推測。認為死應該是休息，那也並沒有道理。除非真的死了，否則不會知道那是什麼。因為那有可能是任何東西。

這麼一想，強烈的恐懼突然向我襲來。感覺背脊像是結冰了，而且全身僵硬。我仍然閉著眼睛。我變得無法睜開眼睛。我凝視著擋在眼前的厚重黑暗。黑暗就如同宇宙一樣深，而且無法得到救贖。我孤零零的一個人。我的意識在集中而後擴大。我覺得，只要我願意，就可以看穿宇宙更深邃之處。但是我決定不要去看。還太早了，我心想。

如果死是這麼一回事，我到底該怎麼辦呢？如果死就是永遠的清醒，並且像這樣一直面對黑暗的話，該怎麼辦呢？

我終於睜開了眼睛，把杯子裡剩餘的白蘭地一口喝掉。

6

我脫掉睡衣換上牛仔褲，又在T恤外面套上一件連帽風衣。然後把頭髮束在腦後塞進外套裡，戴上丈夫的棒球帽。照照鏡子，看起來像個男孩子。這樣很好。然後我穿上運動鞋，到地下停車場去。

我坐上City，轉動鑰匙，試著先熱一下車。然後側耳傾聽那聲音，和平常一樣的引擎聲。我將雙手放在方向盤上，做了幾次深呼吸。然後打入低速，駛離大廈。車子跑起來比往常輕快，令我覺得有如在冰上滑行一樣。我小心地換檔，穿過市區，開上通往橫濱的幹道。

已經三點多了，但是路上往來的車輛數目絕不算少。大型的長途貨運卡車震動著路面，由西往東川流不息。他們不能睡覺。為了提高運輸效率，他們白天睡覺，夜晚工作。

而我則是日夜工作，我心想。因為我不需要睡眠。

的確，以生物學的觀點來看，這也許並不自然。但究竟又有誰了解自然呢？生物學上所謂的自然，畢竟不過是由經驗得來的推論而已。而我，正處於超越那推論的地點。假如，把我想成是人類進化大躍進的先驗性樣本（Transcendental Sample）如何？不睡覺的女人。意識的擴大。

我露出了微笑。

進化的先驗性樣本。

我聽著收音機的音樂，驅車前往港口。我本來想聽古典音樂，但深夜裡找不到播放古典音樂的電台。不管轉到哪一台，都在播放用日語演唱的無聊搖滾樂。纏綿的肉麻情歌。沒辦法，我也只好將就聽著。那使我的心情彷彿來到了非常遙遠的地方。我遠離了莫札特，也遠離了海頓。

我把車停進公園裡用白線劃分好的寬廣停車場，將引擎熄火。我選了一處四周空曠，位於街燈下最亮的位置。停車場裡只停著一輛車。那種年輕人會喜歡的車。白色的雙門跑車。年份古老。可能是情侶吧。或許是沒錢上賓館，所以在車上親熱。為了避免麻煩，我把帽子壓得低低的，以免被認出是女子。然後再次確認車門已經鎖好。

在隨意眺望著周遭的風景時，我忽然想起大學一年級的時候和男朋友兩個人開車去兜風，在車裡愛撫的往事。他在中途怎麼也克制不住，要求我讓他進去。不過我說不行。我把雙手放在方向盤上，邊聽著音樂邊回想當時的情景。可是，我卻想不起男方的長相。一切的一切都彷彿像是發生在遠古時的事一樣。

我感覺到，睡不著覺以前的記憶，好像正逐漸加速離我遠去。那是非常不可思議的感覺。我感覺到，每天入夜後睡著時的自己並不是真正的自己，而當時的記憶也並非自己真正的記憶。人就是這樣改變的，我心想。但是這種改變誰也不知道，誰也沒發現。只有我知道。

即使解釋了，他們大概也不會明白吧。他們或許也不會相信吧。就算相信了，也絕對無法正確了解我的感受。只會把我當成是他們自己推論而成的世界的一種威脅。

不過我**確實**在變化著。

在那裡靜坐了多久，我並不清楚。我把雙手放在方向盤上，一直閉著眼睛，並且望著無眠的黑暗。

突然間，有什麼動靜使我回過神來。有人在附近。我睜開眼睛四下張望。有人在車子外面，並試圖打開車門。不過門當然鎖著。車子兩側看得見黑影，在右車門和左車門旁。看不見臉，也不知道穿著打扮。他們化為陰沉的影子，站在那裡。

夾在那兩個影子之間，只覺得我的City非常小。簡直就像個小蛋糕盒一樣。感覺到車子被左右搖晃著，右側的車窗被拳頭砰砰敲著。

可是我知道那不是警察。警察不會用這種方式敲，也不會搖車。我倒抽了一口氣。該如何是好呢，我暗忖。我的頭腦非常混亂，並發覺腋下已經汗濕了。必須把車開走才行，我心想。鑰匙，得轉動鑰匙。我伸手抓住鑰匙往右轉。聽得見啟動馬達轉動的聲音。

但引擎並沒發動。

我的手指不停地發抖。我閉上眼睛，再次試著慢慢轉動鑰匙。可是並沒有用。只聽得到喀哩喀哩有如在刮搔巨大牆壁的聲響而已。在空轉著。只是在空轉著。而那些男人——那影子繼續搖晃著我的車。那晃動逐漸加劇。他們大概是打算把這輛車掀翻吧。

有哪裡出錯了，我心想。只要冷靜思考一下就會沒事的。思考一下。冷靜下來．好好地．思考一下。有哪裡出錯了。

有哪裡出錯了。

可是，我弄不清楚是哪裡出錯了。我的腦袋裡塞滿了濃密的黑暗，已經無法帶我到任何地方去了。手仍然顫抖不停。我拔出鑰匙，想重新再插進去一次試試看。可是手指在發抖，無法將鑰匙插進鑰匙孔裡。我想再試一次時，鑰匙掉了。我彎身想去撿，但搆不到。因為車子被搖晃得太厲害了。我正要彎下身時，額頭卻重重撞到了方向盤。

我絕望地靠在椅背上，雙手掩面。然後哭了起來。我除了哭之外一籌莫展。眼淚撲簌簌地不停流下來。我孤零零地被關在這小箱子裡，哪裡也去不了。現在是夜最深的時刻，而且那些男人繼續搖晃著我的車。他們想要把我的車掀翻。

AI01001

電視人／TVピープル

作者／村上春樹
譯者／張致斌
編輯／黃煜智
校對／魏秋綢
書籍設計／陳恩安
行銷企劃／陳玉笈
副總編輯／羅珊珊
總編輯／胡金倫
董事長／趙政岷
出版者／時報文化出版企業股份有限公司
108019 台北市和平西路三段二四〇號四樓
發行專線／（〇二）二三〇六六八四二
讀者服務專線／〇八〇〇二三一七〇五
（〇二）二三〇四七一〇三
讀者服務傳真／（〇二）二三〇四六八五八
郵撥／一九三四四七二四時報文化出版公司
信箱／10899 臺北華江橋郵局第九九信箱
時報悅讀網／www.readingtimes.com.tw
電子郵件信箱／ctliving@readingtimes.com.tw
思潮線臉書／www.facebook.com/trendage
法律顧問／理律法律事務所 陳長文律師、李念祖律師
印刷／勁達印刷有限公司

初版一刷／二〇〇〇年一月十四日
二版一刷／二〇〇一年十一月二十七日
三版一刷／二〇二二年十月十四日
定價／新台幣三五〇元

電視人 / 村上春樹著 ; 張致斌譯 . -- 三版 . -- 臺北市 : 時報文化出版企業股份有限公司 , 2022.05
面； 公分
譯自 : TV ピープル
ISBN 978-626-335-298-8(平裝)
861.57 111005142

時報文化出版公司成立於一九七五年，並於一九九九年股票上櫃公開發行，於二〇〇八年脫離中時集團非屬旺中，以「尊重智慧與創意的文化事業」為信念。